이랬으면
좋겠다

≫ 일러두기

본문에 자주 등장하는 '일점이'는 저자의 딸이다. 그에게는 눈에 넣어도 아프지 않을 만큼 이쁜 '꼬맹이'라고 했다. 덩치가 커졌어도, 나이가 마흔이 넘었어도, 직장에서 부서장이 되었어도 그에게는 여전히 '꼬맹이'라고…. 아직은 부르는 그도 어색하지 않고 듣는 꼬맹이도 불편한 기색이 없다고 했다.

이랬으면 좋겠다

초판 1쇄 발행 2023년 3월 31일

지은이 정준홍
본문 사진 정준홍
펴낸이 김선기

펴낸곳 (주)푸른길
출판등록 1996년 4월 12일 제16-1292호
주소 (03877) 서울시 구로구 디지털로 33길 48 대륭포스트타워 7차 1008호
전화 02-523-2907, 6942-9570~2
팩스 02-523-2951
이메일 purungilbook@naver.com
홈페이지 www.purungil.co.kr
ISBN 978-89-6291-015-5 (03810)

이랬으면 좋겠다

정준홍 시에세이

푸른길

시작하며

여기까지는 아니었는데…

책을 출간할 생각까지는 하지 못 했다.

평생 다닐 것 같던 직장에서 은퇴하고 나서 그동안 읽지 못한 책을 읽으며 편안한 삶을 즐겼다. 그러던 중 머릿속에 떠오르거나 가슴 속에 메아리치는 글이 나타날 때면 스마트폰에 저장해 두곤 했다.

그런 글을 읽어 본 '일점이(꼬맹이)'의 권유로 블로그를 접하게 되었고, 그 블로그에 몇몇 지인들이 방문하기에까지 이르렀다. 그런 지인들과 일점이가 내가 쓴 글이 읽기도 쉽고 내용도 재밌고 좋다고 칭찬을 하는 통에 자꾸자꾸 쓰게 되었다.

그러면서 책으로 출간하여 더 많은 사람에게 내보이는 것도 의미가 있겠다는 지인들의 부추김을 핑계 삼아, 또 나의 무모한 도전 의지로 책을 출간하겠다는 결심을 굳히게 되었다. 책을 출간해 본 경험도 없고, 주변 가까이에서 그런 일을 한 사실을 들어 본 바도 전혀 없으면서 말이다.

아무튼, 무지무지하게 부끄럽지만, 속마음 한구석을 내보인다는 용기로 부끄러움을 감춘 채 이렇게 책을 출간하게 되었다. 이왕지사 벌어진 일, 염치불구하고 욕심을 좀 내면 “이런 생각을 하는 사람도 있구나” 생각하시며 가볍고 즐겁게 읽어 주는 사람들이 많았으면 좋겠다.

정준홍

차례

| 제1부 | 그냥 지지는 않던데

| 제2부 | 알 수야 없는 일이지만

| 제3부 | 그냥 매달릴지라

| 제4부 | 한번 살아 봐도

남은 시간만이라도 소중히 여기고 뒤돌아보고 싶은

내 작은 바람까지야 누가 막을 수 있으랴?

지는 해도 그냥 지지는 않던데….

제1부

그냥 지지는 않던데

늦은 오후에

하얗고 예쁜 잔에 담긴, 시커멓고 따끈한 커피는 까맣고 긴 밤을 내게 남겨 두고 사라졌다.

백 개의 별을 세고 백 마리의 양을 세어 보아도, 다가온 까만 밤을 어찌할 수가 없어 자리에서 일어나 눈 비비며 펜을 잡는다.

늦은 오후에 커피를 마시면 수면에 방해가 되던 경험이 전혀 없었던 것은 아니었지만…,

느지막이 마시는 커피라고 모두가 다 그런 건 아니어서 신경을 쓰지 못했던 게 화근일까?

그보다는 뭐 어떨까 하는 근거 없는 자신감이 앞선 게 문제라면 문제였는지도 모르겠다.

이 밤에 놓친 잠이 아쉽기도 하고, 괜한 자신감이 후회스럽기는 해도 모두 잠들어 조용한 이 시간이 나름 좋다.

눈꺼풀은 방바닥으로 처지는데도 머릿속은 천장을 뚫는 이 시간이 그리워서,

어쩌면 늦은 오후에 진한 커피를 마시는 일이 잦아지게 될는지도 모르겠다.

솔섬의 해넘이

작은 섬 솔섬을 눈앞에 둔, 변산의 '해넘이솔섬길'에는 해넘이를 보려는 사람들로 제법 붐볐다.

어른들도 아이들도 크고 작은 카메라를 손에 들고 해가 넘어가는 생생한 과정을 담고자 여기저기 서고 앉아서 지켜보고 있었다.

어떤 이는 스마트폰을 손에 쥔 채 옆 사람들과의 이야기에만 정신이 팔려 괜한 열을 올리고 있고,

어떤 이는 손에 쥔 스마트폰을 눈에 대고 넘어가는 해를 쫓느라 옆에 다가가도 눈치조차 채지 못한다.

또 어떤 이는 튼튼한 삼각대를 설치해 두고 느긋하게 넘어가는 해를 감상하며 여유롭게 시간을 보내고 있다.

솔섬을 이리저리 비춰 가며 넘어가던 해님이 수평선이 가까워지자 부끄러운 듯 갑자기 구름 속으로 숨어 버린다.

그 순간 주위가 술렁대기 시작했다. 아쉬워서 한숨을 내쉬는 사람도 있고, 조용히 삼각대를 메고 사라지는 사람도 있다.

끝까지 도도한 그 얼굴 내보이며 천천히 바닷물 속으로 넘어가주면 지켜보던 이들 모두가 좋아할 일이겠지만, 뜻대로 안 되기는 여기도 매한가지인가 보다.

새만금방조제 길

엄청 길었다.

또 엄청 넓었다.

그리고 엄청 바람이 셌다.

그리고 또 정말로 한가로웠다.

난생 처음으로 '새만금방조제 길'을 가 봤다.

끝을 모르게 펼쳐진 새만금방조제 길을 자동차로 달렸다.

눈에는 쭉 뻗은 길과

시커먼 파도가 넘실대는 힘이 넘치는 바다만 들어오고,

바람은 귓전을 세게 때리며 자동차 바퀴를 서둘러 굴려 대는

새만금방조제 길을 자동차로 달렸다.

시속 팔십 킬로미터로 제한해 놓긴 했지만

나 같은 겁쟁이에게도 그건 그냥 겉치레에 불과했다.

중간에 들른 '돌고래휴게소',
반겨 주는 사람 보이지 않아도 좀 더 둘러보고 천천히 가라는 듯
거센 바람이 자동차 문을 도로 닫았다.
시원하게 뚫린 새만금방조제 길을 신나게 달리며
속에 있던 무언가를 훌쩍 날려 버렸다.

비록 창문까지 열어젖힐 용기는 없었지만…,
속 아리고 막막해질 즈음이면
애써 길동무 찾을 필요도 없이
새만금방조제 길로 찾아오리라.

뻥 뚫린 길을 달리며 모두 날려 버리게….

울산바위

너는
어째서
그런 이름을
가지고 있는 거니?

늘
울어대서
그런 이름을
가지고 있는 거니?

아니면
돌로 된
울타리같이 생겨서
그런 이름을 가지고 있는 거니?

그것도 아니면
울산에서 금강산 찾아가다가
늦는 통에 이곳에 눌러앉아서
그런 이름을 가지고 있는 거니?

네 이름을 지을 때
지켜보지 않았으니
알 길이야 없는 일이지만
그래도 궁금한 마음까지야 어찌 떨치랴….

그저
설악산 한 귀퉁이에
떡하니 버티고 앉아서
오가는 길손의 발걸음도 지켜 주고

나처럼
시시때때로 쳐다보며
마음에 쌓인 응어리 세어 보는
주저쟁이의 손도 좀 잡아 주었으면 좋겠다.

오늘도
그 자리에 버티고 앉아서
넉넉한 얼굴로 지긋이 내려다보고 있는
네 모습에서 달콤한 위로를 느낀다.

그냥 지지는 않던데

엊그제 어느 병원에 다녀오는 길에 지는 해를 만났다.

카메라에 담고 싶었으나 피하지 못할 일이 생겨 바로 담지 못하여 아쉬움이 남았다.

한참을 지난 후 아쉬움에 해진 하늘을 바라보니 떨어지기 전보다 결코 못잖은 모습을 아직도 힘차게 보여 주고 있었다.

그렇다. 해는 지더라도 그냥 지지는 않더라. 지고 난 후에도 여전히 아름답더라.

그제야 내 모습이 궁금했다. 이 세상 지나온 자리가 주변 사람들에게는 어떻게 보였을까?

내가 지나온 자리가 그다지 볼썽사납지는 않더라고, 내가 살아낸 모습이 그리 추하지는 않더라고 이야기해 줄까?

여태까지 내 멋대로 살아오다가 해 지는 모습 한번 쳐다보고서 이리저리 생각하는 것이 우습기도 하지만,

남은 시간만이라도 소중히 여기고 뒤돌아보고 싶은 내 작은 바람까지야 누가 막을 수 있으랴?

지는 해도 그냥 지지는 않던데….

광화문광장

마음이 울적하고 무기력해지거든 광화문광장으로 나가 보세요.

분수대에서 근심 없이 뛰노는 아이들을 바라보면서 무기력한 마음 날려 보내 보세요.

물 터널을 손잡고 거니는 연인들을 보면서 울적한 마음 날려 보내 보세요.

꼭 내 자식이 아니어도 꼭 내 손자 손녀가 아니어도 해맑게 놀고 있는 그들을 보고 있노라면 무기력하고 울적한 마음은 절로 사라지리니….

분수에서 물을 맞으며 뛰어노는 아이들에게서는 무기력한 구석이라고는 찾아볼 수가 없다.

엄마 아빠만 옆에 있다면 분수 물에 옷이 젖는 것이나 서로 머리를 부딪치는 일쯤은 눈 한 번 쓱 비비고 나면 끝날 일이다.

물 터널을 손을 맞잡고 건너는 연인들에게는 울적한 구석이라고는 찾아볼 수가 없다.

그들 앞에는 어두운 과거는 없고 밝은 내일만 펼쳐져 있는 듯하다.

무기력하고 울적한 기분이 들거든 모두 멈추고 광화문광장으로 나가 보세요.

커피 이야기

내가 좋아하는 커피 이야기를 좀 해 보고자 한다. 커피는 여러 관점에서 그 종류를 나누어 볼 수 있다.

우선 원두의 종류별로 나누어 보면, 시판되는 원두의 대부분을 차지하고 있는 '아라비카'가 있고 '로부스타'도 있다. 그 외 지역에 따라 특성을 나타내고 싶어 별도의 이름을 붙이는 종도 있다(하와이코나, 르왁, 게이샤 등).

다음으로 커피를 추출하는 방식에 따라 드립, 에스프레소, 이브릭, 더치(콜드브루) 등의 방법이 있다.

'드립 방식'은 거름종이 등을 이용하여 분쇄된 원두를 물로 내려서 추출하는 방식을 말하고, '에스프레소 방식'은 기계로 강제로 기압을 가하여 이른 시간 내에 추출하는 방식(이탈리아어 'espresso'는 영어의 'express')을 말하고, '이브릭 방식'은 곱게 분쇄한 커피 가루를 끓여서 추출하는 방식을 말하며, '더치(콜드부루) 방식'은 끓이지 않고 오랜 시간 동안 천천히 물방울처럼 추출하는 방식을 말하는 것으로 주로 네덜란드 선원들이 항해 중에 배에서 많이 이용했다 하여 더치(Dutch)라는 말이 유래되었다.

우리가 자주 마시는 '인스턴트 커피'는 드립 방식으로 내린 커피물을 냉동 건조하여 설탕, 프림 등과 섞어서 작은 비닐봉지에 넣어서 유통하는 것이다. 드립 방식과 이브릭 방식, 더치 방식 등에 대하여는 다음 기회에 이야기하기로 하자.

이번에는 우리나라 대부분의 커피점에서 사용하는 에스프레소 방식의 커피에 대하여 이야기해 보기로 하자. 에스프레소 방식의 모든 커피는 에스프레소를 기본으로 한다. 에스프레소는 9~10기압의 압력으로 7~9g의 원두를 90도 정도의 물로 25초 동안에 25ml 정도 추출해 낸 추출물을 말한다.

이 에스프레소를 그냥 마시면 '에스프레소'이고, 생크림을 얹으면 '에스프레소 콤파냐', 뜨거운 물을 타면 '아메리카노', 우유 거품을 얹으면 '마키아또', 우유 거품을 섞어서 계피 가루를 얹으면 '카푸치노', 우유 거품을 따뜻하게 데워서 섞으면 '카페라테'가 된다.

그리고 에스프레소에 얼음과 찬물을 섞으면 '아이스아메리카노', 얼음과 우유를 섞으면 '아이스라테'가 된다. 좀 복잡한 듯하지만, 찬찬히 뜯어보면 의외로 간단하다.

그러면 커피점에서 어떤 메뉴를 고르면 좋을까?

커피를 잘 모르는 사람이라면 '아메리카노'가 가장 적당하다. 대체로 쓰긴 하지만 뒷맛이 깨끗하고 개운하다.

커피를 좀 아는 사람이라면 메뉴를 고르기가 좀 복잡해진다. 우선 바리스타를 전혀 모르고 실력도 확인할 수 없다면 '아이스라테'가 적합하다. 아이스라테는 에스프레소와 우유 그리고 얼음을 유리잔에 섞은 것이므로 특성이나 맛은 별로 없지만, 바리스타의 실력이 스며들 여지가 없다.

바리스타를 조금 안다면 '아이스아메리카노'를 주문하기를 추천한다. 바리스타의 부족한 실력을 찬 얼음이 커버해 줄 것이다. 그보다 좀 나은 바리스타라면 '아메리카노'를 주문해도 좋겠다.

바리스타의 실력을 잘 안다면 비로소 '카페라테'를 주문하기를 권하고 싶다. 카페라테는 잘 추출된 에스프레소에 거품이 가늘게 난 따뜻한 우유를 낙차 크게 푸어링함으로써 가느다란 우유 거품 하나하나에 에스프레소를 코팅해야 한다. 잘 코팅된 카페라테는 컵의 표면에 도드라진 거품의 색깔이 짙은 암갈색을 띠게 된다.

그런 카페라테를 후루룩 마시지 말고 입속에 가만히 베어 물면 혀 위에서 에스프레소로 코팅된 우유 알갱이가 터뜨려지는 쌉쌀함을 느낄 수 있을 것이다. 카페라테에서 우유 비린내가 난다면 잘못 만들어진, 흉내만 낸, 이름만 카페라테다.

그리고 바리스타의 실력을 정말 잘 안다면 그때는 '에스프레소'를 주문해 보기를 권한다. 잘 내린 에스프레소는 표면에 크레마가 쫙 덮이면서 쌉쌀하면서도 그 속에 숨은 여러 가지의 맛을 당신에게 제공할 것이다.

'에스프레소 콤파냐', '카푸치노', '마키아또' 등은 그 뒤에 맛보아도 늦지 않을 것이다.

다음을 또 기약하면서….

몇 분의 몇

추적추적 비가 내리는 오전, 책상에 앉아 먼 산을 바라보며 머릿속으로 남은 날을 계산해 본다.

힘들게 걸어 온 오늘 하루는, 다른 어떤 도움 없이 온전히 내 힘과 내 의지만으로 걸어 다닐 수 있는 날의 몇 분의 몇일까?

맛있게 먹은 오늘의 한 끼는, 온전히 내 판단만으로 맛있다고 느끼는 음식을 골라서 먹을 수 있는 날의 몇 분의 몇일까?

주변과 즐겁게 지낸 오늘 하루는, 내가 그들에게 끼어듦으로써 싫어하거나 부담스러워하지 않게 즐겁게 지낼 수 있는 날의 몇 분의 몇일까?

감사하다고 말 못한 어제 하루는, 스스로의 의지와 입으로 생각하고 상대가 알아들을 수 있게 제대로 말할 수 있는 날의 몇 분의 몇일까?

여행을 떠나고 싶기만 했던 어제 하루는, 여행 중에 동행들에게 피해 주지 않고 온전히 내 발로 다니며 그 아름다움을 제대로 느낄 수 있는 날의 몇 분의 몇일까?

오늘 읽은 책 한 권은, 도움 없이도 읽을 수 있고 읽은 내용을 제대로 머릿속에 온전히 담을 수 있는 날의 몇 분의 몇일까?

이런저런 생각을 하던 차에 남은 날이 많지 않다는 생각보다는, 해야 할 일이 너무 많이 남았다는 생각에 머릿속이 복잡해지는 것은 무슨 이유일까?

가시연꽃

언젠가는 너를 찾아
귀하신 분들과 함께
강릉 경포대까지 갔었지만
꽃은커녕 겨우 이파리만 보고 왔었지.

멸종 위기 식물이라더니
이름값 하느라고 그런 모양인지
아름다운 네 모습을 보기는
쉽지 않겠다는 생각을 하게 되더구먼….

그렇다고
네가 모습을 드러냈다는
그 날짜에 맞춰서 찾아가기가
그리 쉬운 일은 아니지 않은가?

언제 한번
그 날짜에 맞춰서
다시 한번 경포대를 찾아가리라
생각만 하고 지내 왔었는데… .

그렇게 네 모습 보기를
한 자락 깔고 살았었는데,
우연히 찾아간 궁남지에서
귀하고 예쁜 너를 드디어 만났구나.

어렵사리
만난 네 모습은
정말 좋아 보였다.
적어도 내가 보기에는 그랬다는 거다.

너무도 예뻐서
이리저리 돌아가며
카메라에 담고서도 아쉬워
쉽게 자리를 뜨지 못하고 맴돌았다.

마음속에 깔려 있던
그 자락이 벗겨지고 나니
마음이 너무 편하다.
살다 보니 이런 일도 다 있구나….

궁남지

존경하는 분들과 함께 부여의 궁남지를 다녀왔다.

부여 사비궁의 남쪽에 있다 하여 궁남지라 이름했다고도 하고, 뒤에 무왕이 된 서동의 출생과 관련이 있다 하여 서동공원이라고도 한다는데, 아무튼 일본 조경의 원류가 되었단다.

7월의 궁남지는 온통 연꽃 천지였다.

이름조차 생소한 온갖 연꽃이 나 보란 듯이 발갛고 하얗게 피어 있었다. 키 큰 녀석들은 높다랗게 피어서 하늘거리고, 키 작은 녀석들은 물 바닥에 뜬 채로 찰랑거리고 있었다.

흰 꽃도 없지는 않았지만 대체로 붉고 키 큰 꽃들이 많았다. 발갛고 가녀린 연꽃을 보고 나는 비운의 여인들을 떠올리게 되었다.

나라 잃은 설움에 치마폭 하나 뒤집어쓰고 백마강에 몸 던진 삼천 궁녀의 한이 이곳으로 모인 건 아닐는지 누가 알겠는가?

백마강에 뿌려진 궁녀들의 한이 빼앗긴 나라일지언정 떠나지 못하고 선대왕의 내음이 가득한 이곳 궁남지로 모여든 건 아닐는지….

아, 슬프다, 삼천 궁녀여.

그러나 궁남지의 연꽃을 보고서 그대들을 추억하는 사람들이 있는 한 그대들의 죽음은 결코 헛되지 않았으리라.

브라보 그레이 헤어

모처럼 휴가를 낸 일점이가 제 이모를 포함해서 어른들께 푸짐하게 한턱을 내겠단다. 많이 붐빌 듯하니 가급적 일찍 오라는 말에 고속도로와 국도를 달리고 달려 북한산 자락의 한적한 음식점에 도착했다.

넓은 주차장과 많은 주차 안내 요원에 비해 정작 드나드는 자동차는 많지 않았다. 괜스레 떨어댄 요란에 넘어갔지 싶었다. 식당에도 손님이 그다지 많지는 않았다. 그렇게 느긋하게 식사를 마치고 나오다가 식당 바깥의 풍경에 그만 깜짝 놀라고 말았다.

주차장은 어느새 빈틈없이 찼고 주차요원들은 비지땀을 흘리고 있었다. 입장 신청만 해놓고 기다리는 손님들로 음식점 입구는 심하게 붐비고 있었다. 분위기가 좋더라는 추천을 믿고 어렵사리 찾아간 커다란 찻집에도 주차할 틈도 없이 자동차로 가득했다. 오늘은 주말이 아니고 월요일인데도….

그런데 식당에서도 찻집에서도 둘러보는 내 눈에는 흰머리만 보였다. 주말을 젊은이들에게 내준 그들이 이제야 제자리를 찾으려 나오셨나 보다. 말쑥하게 차려입고 느긋하게 앉아서 그윽이 서로 바라보며 대화를 나누는 그들의 모습이 내가 보기에도 너무 좋다.

그래! 자주 봅시다. 브라보 그레이 헤어….

수락산

오늘 아침 드디어
다시 모습을 드러냈구나.
무섭게 장대비가 퍼붓던 지난 며칠
꼭꼭 숨어 지내더니 다시 찾아와 줬구나.

검은 구름 머리에 쓰고
검은 보자기로 얼굴을 가려서
어디쯤에 있는지 보이지도 않더니
오늘에서야 내 눈에 똑똑히 보이는구나.

아직은 부끄러운지
뿌연 분을 바르긴 했지만
그런 모습이라도 봤으니 그만하면 됐다
요즘 같은 세상에 잘 있는 걸 알기만 해도….

예쁘게 목욕하고
나타난 모습이 하도 예뻐서
또다시 사라질까 얼른 카메라에 담았다
이렇게라도 하는 내 심정을 알기나 할까?

그전 모습이 가물가물하다
그렇게 가까이에 있었던가?
그다지도 말쑥하고 싱그러웠던가?
기억 흐린 나로서는 도무지 알 길이 없네.

머리 짓누르던
검은 구름 멀리멀리 쫓아내고
대신 그 자리에 하늘하늘 흰 구름을
슬쩍 얹어 놓은 모양이 너무 예쁘구나….

얼굴 가리고 있던
검은 보자기 슬쩍 벗어 던지고
대신 하얀 앞치마를 얌전히 두른
자태가 참으로 곱기도 하구나….

이젠 무슨 일이 있더라도
눈에서 사라지지는 말아 다오.
그 모습 그리다가 그나마 작은 눈이
짓무르지나 않을까 심히 걱정이 되는구나.

내가 쓴 돈

자식에게 들어간 돈은 대부분 그들과 내가 함께 먹고 입고 자고 사는 데 들어갔다.

자식에게 들어간 돈은 혹시 몰라서 내가 들어 둔 보험료 그 이상도 이하도 아니다.

자식에게 들어간 돈은 대박이라도 나려나 싶어 내가 투자한 투자금 그 이상도 이하도 아니다.

자식에게 들어간 돈은 눈에 넣어도 아프지 않을 자식을 내가 산 값 그 이상도 이하도 아니다.

먹고 입고 자고 살아가는 데 드는 비용은 한번 들어갔으면 그만이지 회수할 방법이라고는 도무지 없다.

보험료는 돌려받지 못할 일이 더 많다. 돌려받지 않을수록 더 나은 경우도 많다. 이 돈을 꼭 돌려받으려다 보니 문제가 생긴다.

투자금은 실패하는 경우가 더 많다. 대부분 실패한다고 봐도 좋을 것이다. 꼭 성공해야만 한다고 우기니 문제가 생긴다.

자식을 위한답시고 내가 쓴 돈을 자식에게서 찾으려고 하지는 말자. 기대치 않았던 돈을 돌려받았을 때의 그 기쁨이 진짜 내 기쁨일지 누가 알겠는가?

여러 개의 문

누군가는 말하기를, 한세상을 살아가는 길에 여러 개의 문이 있었으면 좋겠다고 했다. 문지방을 넘을 때마다 뭔가 남겨 두고 싶단다.

내보이고 싶은 기억은 문설주에 커다랗게 걸어 두고서, 그 문을 지나가는 모든 사람들에게 자신의 지난 공적을 크게 자랑하고 싶어서….

안타까운 기억은 문틀 뒤에 깊이 감추어서, 자신의 부족함을 아는 사람들이 위로랍시고 해 대는 조롱 듣고 싶지 않아서….

부끄러운 기억은 마당 한 귀퉁이에 깊이 파묻어서, 세상 사람에게는 물론 자신에게조차 결코 드러나는 일이 없도록 하고 싶어서….

그러나 나는 한세상 살아가는 길에 문이 하나도 없었으면 좋겠다. 아니! 그냥 그런 세상에서 살아가고 싶다.

내보이고 싶은 기억이 그다지 많지는 않으니 유난히 빈자리가 많은 문설주가 민망스럽게도 너무 썰렁하기만 할 것 같고,

안타깝고 부끄러운 기억은 애써 찾아보려 노력하지 않아도 두 손으로 꼽기에도 모자랄 형편이지만, 지난 일을 감추는 것만이 능사는 아닐 듯하니,

내가 살아가는 세상에는 굽은 길, 닫힌 문이 하나도 없어서 내가 행한 대로 내가 지나온 대로 다 드러나는 곧고 넓은 길만 있었으면 좋겠다.

이랬으면 좋겠다

모처럼의 연휴
식구들이 자고 있는 새벽
물을 마시고 싶어서 찾은 부엌
창 너머로 보이는 수락산이 안타깝다.

높다랗게 떠 있던 하늘이
바싹 내려와 머리를 짓누르고
어디서 온지도 모르는 안개가
넉넉한 허리마저 꼭 감싸 쥐고 있으니…

이러고서야 어찌
한 치 앞인들 볼 수가 있으며
이러고서야 어찌
여유로운 마음이 생길 수가 있으랴….

그러나 한낮에 보인 수락산은
분명 아침에 내가 본 그 산이 아니다.
안개, 구름은 멀리멀리 물리치고
따사로운 햇빛을 담뿍 받아들였다.

우리네 인생도
좀 이랬으면 좋겠다.
한세상 부대끼며 살아갈 때는
어렵고 힘든 일투성이일지라도

바쁜 세상에서
한 발짝 물러서고 나면
안개, 구름은 멀리멀리 물러나고
포근한 햇빛만 온종일 비쳤으면 좋겠다.

때로는 좀 아쉽더라도
때로는 좀 부족하더라도
때로는 좀 억울하더라도
나중을 생각하며 살 수 있었으면 좋겠다.

그렇게 되기만 한다면야
누구랑 따지며 다툴 일도 없을 테고
가슴에 분을 가지고 살 일도 없을 텐데…
나도 이런 세상에서 꼭 좀 살아 봤으면 좋겠다.

철쭉을 보며

아파트 현관 앞뜰에 핀
빨간 철쭉이 너무 예뻐서
그냥 지나치지 못하고
만져 보고 싶어 손을 뻗어 본다.

건드리지 마세요.
화들짝 놀란 철쭉이
지나가던 바람을 친구 삼아
슬쩍 고개를 돌려 버린다.

머쓱해진 손이 부끄러워서
그냥 돌아설까도 생각했지만
가까이서 지켜본 그 자태가
너무 고와서 도저히 그럴 수가 없었다.

그렇다.
건드리지 말라고 했으니
결코 건드리지는 않으리라.
단지 조용히 카메라에 담아만 가리라.

그조차 부끄러운지
스쳐 가는 작은 바람결에도
고개를 이리저리 흔들어 대지만
그런다고 그대로 물러설 수는 없었다.

찰칵! 찰칵!
이제야 겨우 내 손에 들어왔다.
깊이 숨기고 있던 너의 속살까지
카메라 렌즈 속으로 훔쳐 오고 말았다.

빨갛게 익은 얼굴에
노랗고 기다란 꽃술 쏘옥 내민
아름다운 네 모습을 보고 있노라니
왜 그리도 부끄러워했는지 알 것 같다.

머잖아 떨어질 운명이라도
살아 숨 쉬고 있는 그 순간만큼은
제자리 지키면서 고운 얼굴 가꿔 가며
조용히 살고 싶은 네 마음을 알 것도 같다.

참 고맙다

나는 지금 우이동의 어느 한적한 찻집 3층에 홀로 앉아 있다. 아메리카노를 홀짝거리며 연녹색의 이파리들이 봄바람에 밀려 서로의 얼굴을 비비고 있는 모습을 느긋하게 바라보고 있다.

20도를 훌쩍 넘는 날씨에 찻집의 창문은 모두 열려 있고 실외 마스크 착용 의무 해제로 많이 둔감해졌는 데도 커피를 한 모금 마시고는 곧바로 마스크를 다시 쓰는 사람들의 모습이 자연스럽다.

읽던 책과 스마트폰을 들고 무작정 집을 나섰던 것이다. 사실은 어제 집사람이 내게 양해를 구했었다.

가까이 사는 친구 분들과 우리 집에서 점심 식사를 했으면 한단다. 나이가 들어서도 주변 여건이 맞지 않다 보니 가까이 살면서도 식사 한번 제대로 하지 못하던 사람들끼리 간단히 식사를 했으면 한단다.

말은 그렇게 했지만 자리 좀 비켜 달라는 소리가 아니던가? 그 정도 눈치는 있어야지…, 그리고 그까짓 일쯤이야 들어주지 못할 일도 아니지 않는가?

무작정 경전철을 타고 우이역에 내렸다. 당초에는 우이동 MT 촌의 잘 지어진 찻집에 갈까 했는데, 내리쬐는 햇빛을 받아 가며 거기까지 걸어가기가 부담스럽기도 하거니와 너무 붐빌 것만 같아서 생각을 접었다.

그래서 역 근처에 새로이 잘 지어진 카페 전용 빌딩의 3층에 똬리를 틀었다. 스마트폰을 이리저리 뒤지다가 이내 읽던 책을 펼쳤으나 주변의 잡음에 집중이 잘 되질 않았다.

조용조용하게 담소를 나누다가도 느닷없이 건물이 무너질 듯이 소리를 지르며 웃어 대는 아주머니들은 도무지 어찌해 볼 방법이 없겠다.

그래서 책을 접고 먼 산을 쳐다봤다. 연녹색에서 짙은 녹색으로 점점 덧칠을 해 나가는 북한산과 도봉산이 너무 아름답다.

이곳 우이동은 북한산과 도봉산이 갈라지기도 하고 이어지기도 하는 지점이다.

물이 반만 남았다고 하는 사람이 있고 반이나 남았다고 하는 사람이 있듯이, 이곳 우이동도 어떤 사람들은 두 산이 갈라지는 지점이라고 하고 어떤 사람들은 두 산이 이어지는 지점이라고도 한다.

하얗게 피어 있는 아카시아꽃이 바람에 흔들릴 때면 마치 산이 살아서 움직이는 듯하다.

우리 부부가 있는 집에 일점이가 퇴근만 해 와도 온 집이 꽉 차는 느낌이었는데, 이곳 찻집에서는 여러 사람들이 함께 있는데도 나 혼자 있는 듯 적적하기만 하다.

내가 알아듣지 못하는 말소리는 지나가는 버스가 내는 소리와 다를 바가 없고, 모르는 사람들의 얼굴은 멀리 보이는 나무나 꽃과 다를 바 아니다.

지나가는 사람들을 무심히 내려다보며 한없는 느긋함을 느낀다. 매끈한 머리를 손으로 가리며 걸어가시는 저분은 내리쬐는 햇빛이 제법 따끈한데도 그 햇빛을 맞아 가며 어디를 저리도 바삐 가시는 걸까?

부디 좋은 사람 만나거나, 좋은 소식 들으러 가는 길이었으면 좋겠다.

편하게들 즐기시라고 이렇게 나오기는 했지만 이런 느긋한 시간을 마련해 준 아내가 참 고맙다.

우리 집에 오신 손님들도 부디 즐거운 시간을 보내고 돌아가셨으면 좋겠다. 내게도 큰 힘이 되는 좋은 시간이었다.

꽃눈개비

눈이 내리네.
연분홍 눈이 내리네.
파란 하늘에서 눈이 내리네.
봄 처녀 치맛단을 잡고 눈이 내리네.

눈이 내리네.
하얀 눈이 내리네.
움트는 가지 사이로 눈이 내리네.
따사로운 햇살을 타고 눈이 내리네.

눈이 내리네.
붉은 눈이 내리네.
비스듬한 언덕 위로 눈이 내리네.
살랑대는 봄바람에 기대어 눈이 내리네.

눈이 내리네.
노란 눈이 내리네.
햇볕 쬐는 담장 아래로 눈이 내리네.
아른거리는 아지랑이 너머로 눈이 내리네.

어차피 떨어지고 나면
누군가의 발길에 밟히고
또 누군가의 빗질에 쓸려 나가서
이리저리 부대끼며 사라질 운명일지라도

보다 나은 세상을 바라며
멈칫거리거나 주저하지 않고
제 갈 길 성큼성큼 걸어 나가는
네가 나는 무지무지 짠하면서도 이쁘다.

한겨울에 내리는
흰 눈과는 비할 바가 아니다.
찬바람만 몰고 다니는
멋대가리 없는 그 눈에 비할 바는 아니다.

그래도 한창때는
누군가와 눈도 맞추어 보고
누군가의 품에 안겨 보기도 하면서
멋쩍은 추억이라도 좀 남겼는지 모르겠네…

북한산

나는 네가 좋다.
내가 네게 준 건 아무 것도 없지만
헤아릴 수 없이 많은 걸 내게 건네주는
네가 나는 정말 좋다.

그저 가까이에 있는 것만으로도 좋다.
보고 싶을 땐 눈만 들면 볼 수 있고
껴안고 싶을 땐 무턱대고 다가가면 되고
함께 숨 쉬고 싶으면 네 속에 들어가면 되니까…

너는 친구가 많아서 참 좋겠다.
멧돼지도 꿩도 까치도 비둘기도…
같이 지내는 모두가 네 친구여서 좋겠다.
어쩌면 나도 너처럼 그들의 친구가 될는지도…

네게는 많은 지갑이 있어서 더욱 좋겠다.
구릉마다 골짜기마다 꼭꼭 감춰 둔
귀하고 값진 보물이 많고도 신기해서
오며가며 지켜보는 재미 또한 엄청 쏠쏠하단다.

철마다 예쁜 그림을 그려 줘서 나는 너무 좋다.
하얀 도화지를 연두색부터 칠하다가
검푸르던 도화지가 빨갛게 바뀌고 나면
하얗게 지우고 다음해를 기다리는 네가 참 좋다.

오가는 솔바람도 쉬어가게 하고
고개 넘던 뭉게구름도 붙잡아 쉬게 하고
쉼 없이 날며 지저귀는 시끄러운 산새 소리도
말없이 참고 받아 주는 네가 나는 정말 좋다.

허옇게 등줄기가 드러나고
여기저기 패인 자국이 드러나며
같이 놀던 친구들이 다 떠나가더라도
너는 늘 그 자리에 우뚝 서 있었으면 좋겠다.

그래야 세상사 너무 어지럽고
가슴에 맺힌 무언가가 너무 많아서
작은 한숨조차 제대로 쉴 수가 없을 때면
찾아가서 위로라도 받을 수 있지 않겠는가?

청춘열차

어제는 가까운 지인들과 춘천으로 가는 열차를 탔다. 'ITX청춘'이란 이름이 붙은 날렵하게 생긴 멋지고 빠른 열차였다. 아래위층으로 좌석이 나누어진 이른바 2층 열차도 있었는데, 호기심이 잔뜩 어린 우리는 모두 2층에 있는 좌석으로 자리를 잡았다.

시내에서도 2층 버스가 다니는 것을 본 적은 있지만 직접 타본 적이 없었는데, 2층 열차를 타고 보니 감회가 남달랐다. 내 발 밑에 누군가의 머리가 있다니… 2층의 창가에서 내려다본 차창 밖 풍경은 색다른 느낌을 주었다. 좀 더 빨리 지나가는 듯하기도 하고 좀 더 멀리까지 보이는 듯하기도 했다.

게다가 '청춘열차'라지 않는가? 정차역마다 기타를 둘러메고 손에 손을 잡고서 깔깔대며 엠티 가는 학생들이 탈 것만 같아 괜히 기다려졌다. 청춘열차 한번 탔다고 청춘으로 돌아가기야 하겠냐만 청춘의 티 정도는 낼 수 있는 일 아닌가? 그것까지 말리는 세상이라면 너무 서럽지….

춘천역까지 가는 동안 중간에 서는 역이 여럿 있었는데도 한 사람의 젊은이도 더 타지는 않았지만, 기다리는 마음만은 한결 젊어진 듯했다. 세상사에 바쁘고 지친 젊은이들이 상대해 주지 않으면 또 좀 어떤가? 그들이 하는 일이나 그들이 사는 세상을 기웃거리면 좀 젊어질지도 모르는 일이지….

하늘이 이리도 맑은데

온도계는 빨간 머리를
아래로만 아래로만 떨구는데
하늘은 파란 얼굴을
위로만 위로만 들어 올리고 있네.

이른 봄 살포시 얼굴 내밀던 맥문동
여리디여린 잎사귀 애써 키워 놨더니
늦가을 억센 남정네의 낫질 한 번에
여지없이 쓰러져서 마대자루에 처박히네.

한여름 세찬 태풍에도 끄떡없던
단풍나무 이파리는
찬바람이 불자 얼굴이 새빨개지도록
붙잡고 있던 가지에서 그만 손을 놓고 마네.

하기야 까맣던 내 머리에는
어느새 하얗게 서리가 내리고
판판했던 내 얼굴에는
뾰루지 하나 정도는 감출 만큼 주름이 생겼으니…,

어디 간들 내 속 내보일 데가 있을 것이며
작은 내 몸 챙겨 줄 사람 어디서 찾을 수 있을까?
누구에게 기대지도, 누구를 기다리지도 말고
나 스스로를 사랑하며 살아가세나.

속절없는 세상이 아무리 춥고 힘들더라도
아무도 내 마음 알아주지 않을지라도
나 스스로를 사랑할 수만 있다면
어렵고 힘든 세상도 충분히 이겨낼 수 있으리라.

싸한 바람이
내 약한 목구멍을 자극할지라도
목에 얇은 목도리 하나 두르고
두 손 휘저으며 힘차게 뛰어나가 보세나.

날은 춥고
여전히 길바닥은 미끄럽고 위험하지만
집 안에만 있기에는 너무 답답하지 않는가?
하늘이 이리도 맑은데….

철쭉의 몸부림

수년 전에 허물어졌으나 이제야 겨우 고치기 시작한 높다란 축대 벼랑 끝 바위틈에 예쁘게 피어나 뻐기던 철쭉들도, 지나가는 사람들이 하나둘 사라지고 나니 어쩌다 불어오는 봄바람을 얻어 타고 애처로운 몸부림만 치고 있구나….

예쁜 꽃 피우느라 제 몸 다 태운 녀석들은 잘록해진 허리를 작은 바람에도 신나게 흔들어 대고 있고, 바위틈에 깊숙이 발이 빠진 녀석들은 고개를 쭉 빼고서 먼 땅바닥만 하릴없이 내려다보고 있는데,

볼 빨간 녀석들은 부끄러운지 앞다투어 탐스런 흰 꽃 속으로 파고들고 이도 저도 아닌 녀석들은 애처로이 제 몸만 뚝뚝 떨구고 있네. 아무리 신나게 허리를 흔들어도 아무리 고개를 쭉 빼고 내려다봐도 아무리 빨간 볼 자랑하고 싶어도 꽃 핀 벼랑 쳐다보는 사람 하나도 없으니,

빨갛게 타들어만 가는 앙가슴 내보일 길이 없어 자주 지나다니신다는 그 길가에 빨갛고 하얀 꽃잎이라도 흠씬 뿌려 두려니, 혹시라도 떨어진 그 꽃잎이 그대의 고운 발길에라도 밟힐라치면 앞으로 앞으로 내치지만 말고 벼랑 위 철쭉도 한 번 쳐다봐 주시구려….

제비꽃*

길손들의 발길이
끊임없이 이어지는
북한산 둘레길 언저리에
곱디고운 보라색 분을 예쁘게 바르고

지나가는 길손들의 눈길을
애타게 기다려 보지만
너무 낮고 작아서인지
관심조차 가지는 사람이 없네.

온몸이 약초 덩어리라는 데도
꽃 모양이 너무 아름다워서
물 찬 제비 같아서 얻은 이름이라는 데도
지켜봐 주는 사람이 아무도 없네.

둘레길을 걷는 길손들의
발길에 밟혀서 상하지나 않을까 하는
주제넘은 걱정에 돌멩이로 울타리를 쳤다가
다시 허물어뜨리고 지나왔다.

혹여 길손들의 거친 발길에
튕겨 나간 돌멩이가
돌 울타리라도 넘어뜨리게 되면
작고 연한 그 꽃잎 더 다치게 될지도 모르지…,

그렇지
저는 저 나름으로
살아가는 방식이 있을 게야
섣불리 나서지 않는 것이 좋은 때도 많지….

* 제비꽃 : 제비꽃과의 식물. 앉은뱅이꽃, 오랑캐꽃 등으로도 불린다. 온 포기에 해독, 소염, 이뇨 등의 약효가 있다. 꽃 모양이 아름다워서 물 찬 제비 같아서….

부질없는 욕심

그대 힘드신가요?
내 어깨에 푹 기대세요.
비록 내 어깨가 그다지 튼튼하지는 못해도
힘든 그댈 버티어 낼 두 다리는 있으니까요.

그대 답답하신가요?
내게 모두 다 털어놓으세요.
비록 뛰어난 말재주는 내게 없지만
그대의 말을 들어 줄 만한 귀는 있으니까요.

그대 아프신가요?
내게 가까이 다가오세요.
비록 그대를 낫게 할 재주는 내게 없지만
함께 아파할 만한 마음은 가졌으니까요.

그대 외로우신가요?
언제든지 나를 불러 주세요.
내 비록 그대 마음을 다 알 수는 없지만
말없이 안아 줄 만한 팔은 가졌으니까요.

그대 서러우신가요?
그 서러움 내게도 나눠 주세요.
비록 그대의 서러움을 다 알 수는 없지만
함께 서러워해 줄 만한 가슴은 가졌으니까요.

그대 추우신가요?
내 가슴 속으로 파고드세요.
비록 따뜻한 털옷은 내게 없지만
그대를 데워 줄 만한 체온은 남았으니까요.

한때는
가진 것 없고 속 좁은 내가
너무 싫고 부끄러워서
감히 그대 가까이에는 가지도 못했지만…,

자그마하고 보잘것없는
이 몸으로라도 그대를 도울 수 있다면
기꺼이 그렇게 하고 싶은데
이런 내 마음도 부질없는 욕심일 뿐인가요?

이보게 친구

이보게 친구, 세상 변화가 너무 빨라 어지럽거든 한 발 걸쳐 놓고 뒤뚱거리지 말고 그냥 뛰어내리시게나.

머리엔 찬 서리가 내리고 얼굴은 턱밑까지 처졌는데 그깟 세상 변화 애써 쫓아가서 뭘 어쩌자는 것인가?

잘 잡히지도 않는 것을 쫓느라 남은 세상을 버겁게 사느니 손에 쥐고 있는 것 그냥 끄집어내서 이리저리 나눠가며 느긋하게 살아보세나.

옛것을 밟고서야 새것을 만들었을 텐데도 지들이 잘나서 그런 줄로만 아는 기고만장한 젊은이들도 우리가 품어야지…

지금 그들이 누리고 있는 것들을 잘 다듬어서 남길 수 있도록 우리가 곰살맞게 가르치고 살뜰하게 알려줘야 하지 않겠는가?

누리기만 좋아했지, 뒷날로 물리기는 싫어하는 그 잘난 이들에게만 맡겨 두기에는 이 세상이 그래도 쓸 만하지 아니한가?

세상 귀퉁이로 밀려난 늙은이들의 잔소리로 들리면 어쩌랴? 그러나 정작 우리 눈에는 그들이 하는 짓이 같잖아 보이지 않는가?

어차피 세상이란 그런 게 아닌가 싶으이… 우리 눈에 그들이 같잖아 보이듯이 그들 귀에도 우리 말이 잔소리로만 들리겠지.

그러나 콩나물이 어떻게 자라던가? 물바가지를 쏟자마자 아래로 줄줄 쏟아지고 말지만,

쏟아지는 그 물을 머금고 콩나물이 자라나듯이 귓등에도 닿지 않는 우리 말을 듣고 그 잘난 이들이 달라지려는지 누가 알겠는가?

곳에 따라

그저께 뉴스 말미에 이런 일기예보가 나오기는 했었다. 내일은 '곳에 따라' 많은 비 또는 많은 눈이 내리겠다고….

내가 사는 동네에도 겨울비치고는 적지 않은 비가 왔다. 그러나 잠깐 그치는가 싶더니 내렸던 비는 땅만 적신 채 이내 사라졌다.

그러나 미시령에는 오십 센티미터가 넘는 눈이 내렸단다. 연휴 마지막 날에 도로가 막혀 큰 곤란을 겪은 사람들이 많았단다.

연휴를 즐긴 느긋한 마음을 다독이고 다음날의 일상을 준비하기 위하여 지친 심신으로 귀가를 서두르던 그들에게 큰 시련이 닥친 거였다.

어떤 이들은 일기예보를 들었으면서도 무턱대고 나들이를 나간 그들을 나무랄지는 모르겠으나…,

'곳에 따라'라고 하지 않았던가? 자기네들이 가는 그곳에는 눈이 아니라 비가 올지도 모른다고 생각하고 나들이를 떠났으리라.

우리네 인생에도 이런 일이 얼마나 많았던가? '곳에 따라' 가뭄이 들고 '곳에 따라' 물난리가 나고…

모두가 같이 즐기고, 같이 당한다면 공평하게 느껴지기야 하겠지만, 세상사가 어디 그렇게만 되던가? 살아오면서 해 놓은 짓이 다 다를 텐데….

스마트폰

이 녀석 참 얄궂게 생겼다. 없이도 반평생을 잘 살아왔건만 이제는 손에 쥐고 있지 않으면 불안하다.

잠자리에 들 때도 머리맡에 얌전하게 모셔다 두고 혹시라도 울어 대지나 않는지 밤새 선잠을 자면서 보초를 선다.

이웃과 연락을 할 때도 녀석의 입이나 자판을 빌린다. 오랜 싸움 끝에긴 줄이 치렁치렁 달린 전화기를 이긴 덕이다.

사진을 찍을 때도 녀석의 눈을 빌린다. 조그맣고 가벼운 녀석이 긴 노력 끝에 큰 사진기를 거의 따라잡은 덕이다.

음악을 듣는 것도 세상 소식을 보고 듣는 것도 하다못해 가벼운 운동을 하는 것도 녀석이 없으면 제대로 한 것 같지가 않다.

모이지 않고 회의를 하는 것도, 스스로 건강관리를 하는 것도, 돈을 보내고 받는 것도 녀석이 도와주기만 하면 가능하다.

이처럼 많이 쓰고 있는데도 가진 기능의 일 할에도 못 미친다니 녀석을 떠받들고 사는 게 이상한 일이 아닌지도 모르겠다.

가을이 오고 있다

멀리 사라졌던
수락산이 살며시 다가와서
날 잡아 보라며
작은 꼬리를 살랑살랑 흔들어 대고

산허리를
휘감고 있는 구름은
수락산이 도망가지 못하게
꼭 붙잡고 있겠다며 큰소리를 치고

큰 소리로
흐르던 물줄기는
이 바위 저 바위를 헤쳐 가며
틈 속으로 기어들어 갈 궁리만 하고

무덥고 습하던 공기는
맑고 신선하게 바뀌어
무너진 산줄기를 제가 다 되살리는 듯
큰소리치며 아래위로 휘돌아다니고

지금 나서면
충분히 잡을 수 있다고
여기저기서 부추기는 걸 보니
이런 기회가 언제 또 올까 싶기도 하고

굵직굵직한
그 응원들 다 합치면
충분하다는 말에 넘어가기도 하고
내 스스로 생각해 봐도 할 수 있을 듯해서

코 닿을 듯 가까이
다가온 그 산 꼬리를
세게 한번 붙잡아 보려고
밖으로 뛰쳐나가 팔 크게 벌려 보지만

얄미운 햇살이
흐릿한 내 눈은 제쳐 두고
가늘어진 내 목덜미만 지져 댈 때
나는 분명 가을이 오고 있음을 느낀다.

가졌다고 함부로

돈 좀 가졌다고
함부로 쓰지 마라.
그 돈 잘 못 썼다가
망신당하는 사람 여럿 있더라.

밝은 눈 가졌다고
함부로 보지 마라.
그 눈길 잘 못 줬다가
망신당하는 사람 여럿 있더라.

뚫린 입 가졌다고
함부로 말하지 마라.
그 말 주워 담지 못해
망신당하는 사람 여럿 있더라.

성한 손 가졌다고
함부로 만지지 마라.
그 손끝 잘 못 놀려
망신당하는 사람 여럿 있더라.

튼튼한 다리 가졌다고
함부로 다니지 마라.
엉뚱한 데 갔다가
곤욕을 치르는 사람 여럿 있더라.

글재주 좀 가졌다고
함부로 쓰지 마라.
그 글이 올무가 되어
망신당하는 사람 여럿 있더라.

크고 긴 칼 가졌다고
함부로 베지 마라.
그 칼끝이 자신을 향하는 날이
그리 멀지 않으리라.

가진 것에
깊이 감사하고
두렵게 사용하는
지혜도 좀 가졌으면 참 좋으련만….

진짜 담아 두고 싶은 것

구름 속에서 나올까 말까 밀당하는 일출을 담으려 머리를 맞댄 저 커플이, 진짜 담아 두고 싶은 것은 과연 무엇일까?

잘 나오려 하지 않는 해를 스마트폰에 단단히 담아 두고 싶은 걸까?

잘 잡히지 않는 사랑을 서로의 가슴 속에 꼭꼭 담아 두고 싶은 걸까?

만져보고 싶어서

가까이 다가가려 애를 써 보지만

그럴수록 녀석은 더욱 멀어지기만 하네.

함초롬히 서 있는 모습이 너무 예뻐서

그냥 한번 만지기라도 해 보고 싶은데

깊이 감춘 그 가시가 기억이 나기라도 했는지

도무지 품을 내줄 생각을 않네.

언제 한번 편하게 손잡아 볼 날이 오긴 오려나…

앞길이 어떻게 전개될지 알 수야 없는 일이지만

내가 즐겁고 가족들 모두가 좋다는 데야

그깟 게 무슨 대수랴?

제2부

알 수야 없는 일이지만

공짜일까? 외상일까?

어제는 일점이네 카페가 어렵사리 개업한 이후로 최고로 많은 손님과 매출을 올렸다.

그것도 뉴질랜드, 호주 등 해외에서 커피 좀 마신다는, 입맛 탁월하다는 손님들까지 모시고서….

아메리카노나 카페라떼는 기본이고 아이스라떼, 바닐라라떼 등 각종 메뉴를 빠짐없이 정성스레 제공했다.

물론 수입금은 없었다. 공짜라고 생각했을지 모르지만, 외상이라고 생각하고 마음에 적어 놓겠다.

어찌 되었든 멀리 호주나 뉴질랜드에서 오신, 어린 줄만 알았던 그들이 어느새 자라서 커피 손님까지 되어 주어서 너무 고마웠다.

좀 더 맛있게 내려 줄 수 있었는데…, 그러지 못한 것만 같아서 안타깝고 미안한 마음조차 감추기는 어렵다.

그들이 다시 찾아와 주기만 한다면…, 외상값을 갚기 전이라 하더라도 더 맛있는 커피를 양껏 내려 줄 수 있을 텐데….

모두 떠나간 이 시간 혼자서 아이스라떼를 마시며 어제의 즐거웠던 시간을 다시금 생각해 본다.

귀하디귀한 선물

오늘 귀하디귀한 선물 한 꾸러미를 받았다. 죠앤이 호주에서 들어오면서 사 온 것이다. 밝고 귀여운 어린 소녀인 줄로만 알았더니… 부모 품을 떠나 호주로 유학을 가더니 어느새 대학 졸업을 코앞에 두고 있단다.

우리 가족이 커피를 좋아하는 줄 알고서 호주에서 제일 유명하다는 브랜드의 커피를 두 봉지나 사서 분쇄까지 해 왔다. 우리 집에는 가정용 에스프레소 기기가 있어 분쇄까지 할 필요는 없지만 그전까지 사용하던 모카포트를 기억했으리라.

어여쁜 숙녀의 배려가 너무 고마워서 우리 집에 올 땐 자기가 사다 준 커피를 맛있게 내려 줘야 할 텐데…. 대학 생활 중에 바뀌었을 수도 있는 커피의 취향을 알 재간이 없으니 과연 맛있게 내려 줄 수 있을는지 걱정이다.

아무튼, 죠앤의 배려가 너무 고맙다. 우리 집에 있던 추출 기구를 기억했다가 알맞게 분쇄까지 해 온 그 배려 말이다. 그녀의 입맛에 좀 맞지 않으면 뭐 어떠리… 내 정성 가득 담아서 맛있게 내려 봐야지.

죠앤! 귀하디귀한 선물, 너무 고맙다.

다 컸더라

다 컸더라.

몇 년 전에만 해도 뽀얀 뺨에 솜털이 송송했었는데 어느새 다 커서 어른 냄새가 물씬 나더라.

연어가 태어난 곳 찾아오듯이 바다 건너 저 멀리서부터 해마다 이맘때면 제 조국을 찾아왔었는데….

고약한 역병 탓에 이번엔 삼 년이 지나고 나서야 겨우 오고픈 그 땅에 발을 디디게 되었네.

그것도 하나는 남겨 둔 채로 뿔뿔이 흩어져서….

가느다란 솜털이 보이지도 않던 녀석은 활달하고 건장한 청년이 되어 종합격투기 선수들 이름을 줄줄이 꿰고 있고,

뽀얀 젖살이 온몸을 감싸던 예쁜이는 어느새 대학 졸업을 눈앞에 둔 의젓한 아가씨로 바뀌어 눈앞에 나타나고,

대학을 막 졸업하고 취업했다고 다들 대견해하던 그 소녀는 직장 일을 어찌할 수가 없어 올해도 가족들과 떨어져 따로 올 예정이라네….

낯 설은 이국땅에서 어리기만 하던 세 녀석을 이다지도 훌륭하게 잘 키워낸 부모들은 아직도 얼굴 팽팽한 젊은이 같은데,

저렇게도 늠름하게 잘 자란 녀석들을 보고 있노라니 그들도 마냥 젊었다고는 하기가 어렵겠네….

상큼한 패배

다리가 좀 불편하니 다음날은 자동차로 출근을 시켜 줬으면 좋겠다는 딸과, 코로나19로 집수리나 건강문제 등으로 어쩐지 몸에 착 달라붙지 않는 아침 운동을 빠지고 싶지 않은 아빠의 기 싸움이 제법 질기고 거세다.

딸이 다시 한번 부탁을 하며 다음 날 아침 커피 메뉴까지 내놓는다. 애써 못 들은 척 딴청을 피우던 아빠는 슬그머니 자리를 피하며 일찌감치 잠자리에 들고 만다. 늦게 마신 커피 때문인지 쉽게 잠 못 들고 베게만 돌리다가 결국, 더는 배기지 못하고 옆방으로 옮겨 스마트폰으로 시간을 보낸다.

출근 준비를 서두르는 딸을 피해 안방으로 들어가며 호기롭게 한마디 한다.

"지금부터 나 깨우지 마라."

그러나 호기로운 그 소리는 아무에게도 들리지 않았던 모양이다. 침대에 누워서 뒤척이기만 하다가 애꿎은 베게만 던지며 일어나고 만다. 왜 이리 꾸물대느냐는 핀잔을 들으며 커피를 타고 출근까지 시켜 놓고서야 자유를 얻었다.

아빠의 완벽한, 그러나 기분만은 상큼한 패배다.

알 수야 없는 일이지만

어제 낮, 에스프레소 기기를 들여놓으면서 일점이네 카페 창업 준비를 끝냈다.

그동안 커피 공부를 열심히 하고 쉽지는 않은 바리스타 시험에 도전하여 어렵사리 자격증을 따고, 여러 추출 기구를 거치고 팔구 년간 모카포트를 다루고서야 이번에 에스프레소 기기를 들여 놓았다.

비로소 커피 추출 기구를 완벽히 갖추게 되었다. 비록 가정용이라고는 하지만 웬만한 업소용만큼이나 다양한 기능을 갖춘 고급 제품이란다.

기기가 배달되어 오자 일점이는 몹시 들떠 있었던 듯하다. 저녁 약속이 있어 나갔다가 서둘러 왔지만 조금 더 늦었더라면 큰일이라도 날 뻔했다.

밤늦은 시간이긴 했지만 기기를 시험 운전해 보느라 졸음을 참아 가며 끙끙대야만 했다. 앞길이 순탄치 않을 듯한 묘한 기분이 든다.

앞길이 어떻게 전개될지 알 수야 없는 일이지만 내가 즐겁고 가족들 모두가 좋다는 데야 그깟 게 무슨 대수랴?

이제야 비로소 바리스타로서의 실력을 가족 앞에서나마 뽐내고 싶은데…, 설레는 마음에 긴 밤을 꼴딱 새웠다.

연식 오랜 연인

횡하니
뚫린 길엔
앞차의 꽁무니를 피하듯
간간이 자동차가 지나가고

섣불리
떨어진 낙엽은
어디로 갈지 몰라
바람 불어오기만 기다리고

우산 하나를
나눠 쓴 연인들은
내리는 비를 피하려
서로의 어깨를 바짝 붙여 걷는데

눈치 없이
우산 하나 나눠 쓰고
길을 나선 연식 오랜 연인은
처음 와 본 골목길이 생소하기만 하네…

한창 잘 나간다는
유명인이 다녀갔다지만
맛은 그저 고만고만한 식당에서
비어 있던 배만 그득 불리고 나서

특별한
목적 없이 거니는
낙엽 달라붙은 거리가
편안함과 안락함을 함께 건네네…

예쁜 카페가
몰려 있는 골목에서
그들의 인해전술에 지쳐 갈 때쯤
크게 팔 벌린 어느 품에 안기고 만다.

인적이 드문
넓고 넓은 전시장을
조용히 적시고 있던 비가
헤매는 연식 오랜 연인을 숙소로 몰아넣네…

솥 씻은 물

"솥 씻은 물 아닙니다."

아침 식사를 하던 식탁에다 숭늉 그릇을 놓으면서 일점이가 하는 말이다. 언젠가 일인용 무쇠솥을 사는가 싶더니, 아마도 오늘 아침에 거기다 밥을 했나 보다. 밥을 뜨고 남은 누룽지를 긁어서 한 술 입에 넣어 보니 딱딱해서 먹기가 쉽지 않다. 그 모습을 보던 일점이가 숭늉을 만들어 오겠다고 부엌으로 갔다.

제 엄마는 그냥 뜨거운 물이나 부어 오라고 했지만, 한사코 가스 렌지에 올려놓고 다시 불을 붙였다. 그렇게 만들어서 가져온 숭늉은 참으로 고소하고 맛있었다. 그러나 일점이가 숭늉을 굳이 끓여 온 것은 언젠가 내가 자기에게 해 줬던 이야기가 생각나서였는지도 모르겠다. 그 이야기를 다시 떠올려 보자면 대충 이렇다.

어릴 때 나는 집에서 마시는 숭늉을 몹시 싫어했다. 식사 중이거나 식사 후에 온 식구가 다 숭늉을 맛있게 마셨지만 나는 숭늉을 마시지 않았다. 대신 따로 찬물을 달라고 해서 마셨다. 식사를 준비하는 어머니의 처지에서 보면 참으로 귀찮은 녀석이었을 것이다.

내가 우리 집 숭늉을 마시지 않는 데는 나름대로 이유가 있었다. 숭늉이 만들어지는 과정을 봤기 때문이다. 그 당시 시골에서는 너 나 할 것 없이 나무를 때서 식사 준비를 했었다. 그러니 밥을 모두 퍼내고 누룽지까지 긁어낸 후에야 나오게 되는 숭늉은, 솥에 다시 불을 때지 않고 솥에 남아 있는 열기로 그냥 대충 데워서 만드는 것이었다.

그런 과정을 본 나로서는 우리 집의 숭늉이라는 것이 그냥 솥을 씻은 물 그 이상도 이하도 아니라고 생각했다. 다시 끓인 것도 아니고 솥이나 씻은 물보다는 차라리 찬물을 그냥 마시는 게 낫겠다는 것이 그 당시 어린 나의 생각이었다.

오늘 아침 일점이의 말을 듣는 순간 엉뚱하게도 어머니의 고생스럽고 곤란했을 처지가 눈앞에 어른거린다. 열 명도 넘는 식구들 식사를 챙기고, 논일, 밭일 그리고 잡다한 집안일까지 해내야 하는 어머니로서는 시간도 없으려니와 아버지께서 어렵게 해 오신 나무가 하루를 지날 때마다 쑥쑥 줄어드는 것을 직접 보고서야 어찌 숭늉 한 사발 끓이겠다고 또다시 불을 땔 수 있었겠는가 말이다.

다른 식구들처럼 아무 소리 없이 먹고 마셔 줬으면 좋으련만…, 까칠하게만 굴고 있는 자식이 얼마나 마뜩잖았을까? 지금이라도 다시 한번 가져다주시기만 한다면 그 솥 씻은 물이라도 벌꺽벌꺽 마시며 "아~ 구수하다."라고 한마디 할 텐데….

너무 많잖아.

하나씩만 들어와야지.

예쁜 장미꽃잎을 파고들던 빗방울이

멈칫멈칫 눈치를 본다.

그냥 떨어지자니 너무 아쉽고

계속 붙잡고 있자니 너무 무겁고 미끄럽다.

무서운 햇빛 설쳐 대기 전에

이번 한 번만 숨겨 주시면 안 될까요?

단감나무

나는 내 고향이 어쭙잖은 사람들의 등쌀에 부산의 신도시로 변하게 되면서 너무나 많은 것을 잃어버렸다.

쥐꼬리만 한 보상이야 새삼 들먹일 것도 없는 일이지만, 나의 추억도, 나의 기억도 모두 사라져 버렸기 때문이다.

정이 담뿍 든 고향 집이 속절없이 헐려 나가고 멱 감던 앞개울과 뛰놀던 뒷동산이 한꺼번에 흔적도 없이 사라진 자리에는, 어울리지도 않게 25층 아파트가 높다랗게 서서 그나마 눈짐작이라도 하던 높다란 뒷동산마저 가로막아 버렸다.

할아버지, 할머니와 내가 함께 지내던 사랑채가 사라진 것도 아쉽기 짝이 없는 일이지만, 그보다 내겐 사라진 단감나무가 더 아쉽다.

아버지 소학교 졸업식 때 우등상품으로 타 오신 모종을 던지듯이 담장 밑에 심어둔 것이 수십 년을 버티며 훌륭하게 자라났고, 군것질거리 없던 시절에 어린 입맛을 가을 내내 챙겨주고 군침 흘리는 동네 꼬마들에게 선심깨나 쓸 수 있게 해 줬었는데….

내 추억이 아련히 묻어 있는, 내게는 너무나도 소중한 그 단감 나무를 귀찮게 여기며 잘라 냈을 그 누군가가 지금 생각해도 얄밉고 싫다.

밥 한술, 추억 한술

집사람이 사 온 응개나물* 한 움큼에 가슴 속 깊이 묻어 두었던 추억 한 자락이 슬며시 기어 나온다.

지금은 사라진 시골집 후미진 옆구리에는 호기심 많은 아버지께서 심어 두신 응개나무 한 그루가 서 있었지….

먹을 입은 많고 먹을 것은 많지 않던 그 시절, 저절로 열린 응개나물 한 잎도 여리고 맛 좋을 땐 우리 몫이 아니었지….

손바닥만 하게 자란 녀석을 뜨거운 물에 슬쩍 데치고 나서도 한참 동안 우려서 쓴맛을 빼고 나서야 쌈이라도 겨우 싸 먹을 수가 있었지….

앙증맞은 손바닥에 넓적한 녀석을 올려놓고 흰밥에 곰삭은 멸치젓을 올린 쌉싸름한 그 맛을 어디에다 비하랴?

열도 넘는 식구들이 좁은 마루에 둘러앉아 응개나물을 먹던 추억이 작은 비닐봉지 하나에 담겨서 왔다.

내 어릴 적에는 군침만 흘렸지 먹지는 못했던, 여리고 맛 좋게 생긴 응개나물을 집사람이 푸짐하게 사 온 것이다.

데친 여린 응개나물을 곰삭은 멸치젓으로 쌈을 싸서 군침이 먼저 도는 입속에다 넣어 본다.

밥 한술, 추억 한술.

* 응개나물 : 엄나무 순, 개두릅

헛똑똑이

수년 전부터 사진동호회를 통하여 스마트폰으로 사진을 찍고 있다. 한 달에 두 번 정도 만나서 즐기고 있다.

이런 애비의 기를 세워 주리라고 생각했는지 몇 달 전에는 일점이가 거금을 들여 사진이 잘 찍힌다는 최신 폰을 사다 줬다.

앞뒤로 카메라 렌즈만 다섯 개나 달려 있는 등 새로운 기능이 너무 많아서 아직도 그 기능을 다 이해하지는 못했다.

차츰 익혀 나갈 요량으로 알고 있는 기능부터 사용해 가며 성능의 우수함에 감탄하고 있었는데, 어젯밤에 그만 사달이 나고 말았다.

거실에서 나는 소리에 잠을 깨서 가만히 들어 보니 일점이와 집사람의 이야기 소리이다. 하늘이 맑아 보름달이 엄청 선명하단다.

이때다 싶었다. 내 스마트폰의 성능을 보여 줘야지…. 사실은 보름이 지났지만 까만 하늘에 동그랗게 떠 있는 달이 너무 선명하고 예뻤다.

베란다 문을 열고 달에다 셔터를 눌러 댔다. 망원, 수퍼 망원 등 온갖 기능을 다 써 가며…, 그러나 담긴 사진은 내가 원한 달이 아니라 그냥 지는 해와 비슷한 붉은 원일 뿐이었다.

풀이 죽어 있는 나를 본 일점이가 "제가 한번 해 볼까요?" 한다. 그러라고 대답하며 카메라를 물려주고 침대로 돌아가서 누웠지만, 여전히 약이 올랐다.

잠시 뒤 일점이가 가져온 카메라에는 내가 원하던 달이 고스란히 들어 있었다. 어찌 된 일이냐고 물으니 대답이 간단하다. 그냥 기본으로 쭉 당겨서 찍었단다.

아~ 그렇구나! 왜 그렇게라도 해 볼 생각을 안 했을까? 이런 내가 바로 헛똑똑이로구나…. 불을 끄고 누웠는데도 빨개진 내 얼굴이 보인다.

세 남자 이야기

»

시골 동네 훈장이시던 아버지와 곱디곱던 어머니가 젊은 나이 모두 돌아가시고 나자 어느새 나는 어린 여동생 둘이 딸린 가장이 되고 말았지.

큰아버지를 비롯한 집안 어르신들의 넓으신 배려로 네 살 위의 넉넉하게 생긴 색시와 내 나이 겨우 열세 살에 결혼을 했었지.

아버지가 남겨 놓으신 적지만 소중한 땅뙈기를 가꾸면서 어린 여동생 두 명을 짝 지어 주며 어렵사리 살림을 조금씩 일구어 나갔지.

아들 셋 딸 둘을 키우면서 참으로 억척스럽게도 살았지…. 한 뼘이라도 논을 더 넓히고 싶어서 잠잘 때 말고는 괭이질을 멈추지 않았지.

그렇게 바쁘게 살다 보니 언제 한번 누구와 싸울 일도 목소리 한번 높일 일도 없었고 남 앞에 나설 일도 자연 줄어들더라고…

나의 행동거지가 온당해야 집안 모두가 다 편하겠거니 생각하며 목소리 죽여 가며 조심조심 살았지. 그렇게 살다 보니 그럭저럭 살아지더만….

» »

아버지 스물둘, 어머니 스물여섯에 내가 우리 집 맏이로 태어났었지. 위로 여럿을 잃은 후 얻은 자식이라고 나름 귀여움을 독차지하며 자랐지.

아래로 남동생 둘과 여동생 둘이 더 태어났었지. 단출하게 살던 당신의 기억이 싫으셨던지 아버지는 언제나 형제애를 강조하셨었지.

스물셋에 예쁘장한 색시를 들이고 아버지 바람대로 여덟 자식을 뒀었지. 비록 온전히 다 키우지는 못하고 출가시킨 하나를 가슴에다 묻긴 했지만….

비록 많이 배우지는 못했지만 가슴에 쿵쾅거리는 것이 너무 많아서 그냥 똥장군만 지고 살기에는 너무 답답해서 면서기로 취직하며 아버지 가슴에 못을 박았지.

대신 농사지을 머슴 새경쯤이야 내 월급으로도 충분하지 않겠는가? 펜대 굴려 가며 세상 구경을 실컷 하고 싶었지. 넓다는 그 세상을 마음껏 보고 싶었지.

아버지의 강요로 중간에 꺾이긴 했지만…, 농사일이 싫고 여전히 서툴기는 했지만…, 그렇게라도 가슴 열며 살아 본 짧은 세월을 절대 후회하거나 원망하지는 않는다.

» » »

아버지 서른넷, 어머니 서른에 팔 남매 중 넷째인 둘째 아들로 태어났었지. 천자문을 배운 덕에 학교도 가기 전에 신문을 읽는다며 할아버지께서는 좋아하셨지.

할아버지의 찬찬한 준비로 당시에는 흔하던 배곯는 설움을 면했고, 호기심이 엄청 많던 아버지 덕분에 새로움을 자주 접하며 살아갈 수 있었지.

운 좋게도 남들 다 부러워하는 직장을 잡고, 예쁘고 지혜로운 색시를 만나 가정을 이루고, 눈에 넣어도 아프지 않을 딸 하나를 두었지.

나라 곳간이 비어 세상이 흔들릴 때도, 가까운 사람들이 직장을 떠나야만 할 때도, 별다른 어려움 없이 자신만만하게만 살았고 무사히 직장에서 정년을 맞이할 수가 있었지.

이 모든 일은 그분의 보살핌 때문일 거야. 내 나이 서른에 처음 알게 된 그분은 숱한 나의 넘어짐에도 늘 나를 세워 주시며 오늘에 이르기까지 이끌어 주시지 않으셨던가?

돌이켜보면 다만 그분의 은혜뿐일지라. 수없이 넘어지는 날 붙들어 당신이 보여 주신 그 길을 쉬지 말고 걸어가라며 등 밀어주시는 그분께 그저 고마움을 전하고 싶을 따름이다.

나만의 사케라토

나는 커피를 참 좋아한다.

커피를 마시는 것도 좋아하고, 커피를 내리는 것도 좋아하고, 심지어는 커피를 공부하는 것도 좋아한다. 그렇게 커피에 빠지다가 2014년에는 '한국커피협회'에서 주관하는 바리스타 시험에 도전하여 자격증도 땄다.

카페 창업이나 카페 취업을 준비하는 젊은이들 틈에 끼여 필기시험을 치르고, 앞치마를 두르고, 시험관 앞에서 실기시험을 치르는 일도 나름의 긴장과 재미가 있었다. 아무튼, 바리스타 자격증을 취득한 이후로 우리 집에서는 항상 내가 커피를 담당했다.

집에서뿐만 아니라 지방으로 여행을 가서도 커피는 언제나 내 담당이었다. 그러나 우리 집에는 요즈음 대부분의 가정에 다 있다(?)는 에스프레소 기기가 없다.

나는 주로 간단한 모카포트에 의존하여 커피를 만들어 낸다. 물론 드리퍼를 이용하기도, 사이폰을 이용하기도 하고, 급할 때는 이브릭을 이용하기도 하지만 대부분 모카포트에 의존한다.

모카포트는 그 기능의 다양성이나 편리함이 에스프레소 기기에 크게 미치지 못하지만, 오랫동안 써 와서 그런지 그다지 큰 불편함 없이 익숙하기만 하다.

모카포트로 내린, 아니 올린(참고로, 모카포트는 아래에 물을 넣고 가운데에 커피 분말을 넣은 후 열을 가해서 커피 원액을 위로 올린다.) 커피 원액(이것을 그냥 '에스프레소'라고 하자.)으로 나는 여러 종류의 커피를 다 만들 수 있다.

아내가 좋아하는 아메리카노도, 일점이와 내가 좋아하는 아이스라떼도 만들 수 있고, 별도로 마련한 우유 거품기를 이용하여 카푸치노도 만들 수 있다. 그러나 시간 여유가 있고 기분이 내킬 때면 나는 '샤케라토'를 만든다.

샤케라토(이탈리아어 : caffè shakerato)는 이탈리아식 커피 음료의 일종으로, 리스트레또와 얼음을 이용하여 만드는 커피 음료다. 만드는 방법은 의외로 간단하다.

리스트레또(에스프레소보다 더 진한 원액이다. 그러나 에스프레소도 괜찮은 편이다.) 2샷에다 각얼음 7개 정도를 칵테일 셰이커에 넣고 흔들어서 거품을 내고 이를 잔(마티니 잔에 담아내면 훨씬 고급스럽게 느껴진다.) 등에 담아내면 된다.

취향에 따라 칵테일 셰이커에 시럽을 2스푼 정도 넣어서 흔들기도 하고, 잔에 담아낼 때 알코올을 첨가하기도 한다.

나는 모카포트로 내린 커피 원액(리스트레또는커녕 에스프레소보다 연하다.)과 각얼음 7~8개를 칵테일 셰이커에 넣은 후(단 것을 좋아하지 않는 나는 시럽은 넣지 않는다.) 한 번에 20회씩, 세 번 정도 흔든 후 일회용 잔에 거품이 봉긋하게 올라오도록 잘 담아낸다. 쓴맛이 부담스러울 때는 우유를 조심스럽게 섞어서 마시기도 한다.

비록 장비가 부족하기도 하고, 손이 제법 가는 일이기는 하나 혼자 즐기기에는 더없이 좋은 아이템이다. 비용도 그다지 많이 들지 않는다. 모카포트는 3만 원(2인용), 칵테일 셰이커는 2만 원 정도, 총 5만 원 정도만 투자하면 관리하기에 따라 평생 쓸 수도 있다.

오늘도 나는 나만의 샤케라토를 만들어서 나 혼자 즐긴다. 참 기분이 좋고 상쾌한 아침이다.

동지(冬至)가 되니

어제가 동지冬至였다. 동지는 스물네 절기 중 소한, 대한만 남겨 둔 스물두 번째 절기다. 짧아지기만 하던 낮의 길이를 비로소 늘인다.

내 어릴 적에도 동짓날에는 어김없이 팥죽을 쑤어 먹곤 했었다. 전날부터 준비한 새알심을 넣고 발그레하게 끓여 낸 팥죽은 참 맛있었다.

그러나 맛있게 생긴 팥죽을 내 손 앞에 갖다 놓고도 팥죽 그릇에 쉽사리 손을 넣지 못하고 나는 숟가락을 빙글빙글 굴리기만 했었다.

팥죽 안에 들어 있는 새알심을 꼭 자기 나이만큼만 먹어야 된다는 할머니의 말씀이 머리를 떠나지 않아서…, 크게 한 술 뜨면 내 나이를 넘을 것만 같아서….

하는 수 없이 새알심을 세어 가며 내 나이만큼만 먹고 나면 그릇을 돌려가며 물러 터진 밥알만 열심히 골라 먹었었지…, 쫀득하니 맛있는 새알심은 끝내 남겨 둔 채로.

내 손가락 발가락을 다 합치고, 동생들 손가락 발가락을 다 합쳐도 모자랄 만큼 나이가 많으셨던 할머니는 나이만큼 한 번에 다 드실 수나 있으셨을까?

한 번에 다 못 드시면 나쁜 기운이라도 옮겨 오지는 않을까? 며칠에 나누어 드셔도 괜찮으신 걸까? 남긴 새알심만큼이나 많은 걱정을 했었지….

어느 틈에 온 식구의 손가락 발가락을 합친 것보다 많아진 나는, 내 나이만큼의 새알심을 다 먹을 수가 없어서 올해도 동지 팥죽은 꿈에서나 먹어야겠다.

인동댁(隣洞宅)

나름 꽃다운 나이 열아홉에
언덕에서 손 흔들던 아버지를 뒤로 하고
어드메로 가는지도 모른 체
가마꾼의 재촉에 그만 발을 올리고 말았지.

한나절이나 걸려 도착한 곳에는
우리 집보다 더 작고 아담한 마당에
사람 구경 처음 하는 사람들처럼
동네 사람들이 발 디딜 틈 없이 몰려 있었지.

새색시가 시집을 오면 택호를
대부분 친정 동네 이름을 따서 정한다는데
우리 동네에서 먼저 시집 온 사람이 있어서
내가 임기댁이 아닌 인동댁隣洞宅*이 되었지.

온 동네가 모두 집안 친척들이고
시부모에 시동생 둘과 시누이 둘
여덟 식구 건사하기가 못내 겁이 나서
눈앞이 아득하고 몸이 내 몸 같지가 않았지.

나이 스물에 첫 딸을 낳았지.
엄마가 됐다는 기쁨에 힘든 줄도 몰랐지.
그리고 내리 딸 둘을 더 낳았지.
그나마 딸 하나는 어려서 잃어버렸지만….

첫 아들을 낳았을 때의 기쁨은 더 말해 뭐하겠나?
이 세상 그 무엇을 준다 해도 그에 비하랴?
내게도 이제는 아들, 딸이 셋이나 있는데…
글쎄 논농사 밭농사가 힘든 줄도 몰랐다니까…

그리고도 아들 둘, 딸 셋을 더 낳았었지.
지나 놓고 보니 그만 낳아도 됐을 일을,
하기야 근심덩어리일 줄은 몰라서 그랬지.
알고서야 허리가 휘도록 키울 바보가 어디 있나?

한 분 계시던 오빠는 일찍 돌아가시고
하나 남은 여동생은 손톱 밑의 가시였었지.
일부종사 못하고 이리저리 떠도는 것을
시집살이 하며 거두는 게 어디 쉬운 일이던가?

그 뒤로 일어난 이런저런 일들을 생각하면
그 시절을 어떻게 지내 왔는지 새삼스럽네…
입 달린 사람마다 수군거리는 그 말을
가슴에 쌓다 보니 돌덩이가 이만 할까 싶었지.

시집까지 잘 보낸 생때같은 둘째 딸을
앞세울 때는 세상 살고 싶은 생각이 사라졌었지.
중매를 한 시고모는 야속하기만 했었고
바보 같은 사위 녀석은 정말이지 꼴도 보기 싫었지.

여덟이나 되는 자식을 키우다 보니
이쁜 짓 하다가 미운 짓 하는 녀석도 있고
미운 짓 하다가 이쁜 짓 하는 녀석도 있지만
처음부터 미운 짓만 하는 녀석도 없지는 않더라.

가진 것이 없는데도 보는 눈은 높아서
시골 살면서 시골사람 되기를 한사코 마다하고
술을 벗 삼아 살아가던 그 웬수가 살았을 때는
몸과 마음이 바쁘긴 했어도 외롭지는 않았는데…

비록 좁고 낡기는 했어도
웃어른들의 손때가 군데군데 묻어 있고
내 설움과 한숨이 켜켜이 베어 있는 이 집에서
죽어서나 떠메어서 나가고 싶었는데…

웃어른들은 모두 다 하늘나라로 떠나시고
자식들은 제 살 궁리 찾아 도회지로 떠나고
이젠 늙고 힘없는 이 몸뚱이 하나 남았는데
그 잘난 신도시 만들겠다며 떠나라고 보채네.

우리 집과 매곡댁 말고는 모두가 떠났으니
머잖아 우리 집도 부순다고 야단일 텐데
어디로 떠나야 할랑가 모르겠네.
어디로 가면 내 몸 하나 붙일 자리가 있을랑가?

고맙게도 딸내미가 마련해 준 방 하나로
생각지도 않았던 도시 살이를 시작했네.
심심하다고 데려다준 노인정도 영~ 아니었네.
당최 무슨 말을 하는지 알아들을 수가 있어야지….

정신이 오락가락 하는가 싶더니
정신을 차리고 보니 요양병원에 와 있네.
여기는 한번 들어오면 나가기 참 어렵다는데…
하기야 내 손으로 밥해 먹기도 버겁기는 하지.

요즘 들어 자식들이 부쩍 자주 찾아오네.
이왕 올 바에야 고루고루 좀 왔으면 좋으련만…
또다시 정신이 혼미하고 몸이 착 가라앉네.
먼저 가 있는 그 웬수는 술이라도 좀 줄였으려나….

* 내 어머니 박실근 여사를 그리며…

휘익,

힘차게 낚싯줄을 던져 본다.

세월 좀 낚아 보려고 낚싯줄을 던져 본다.

제 몸보다 더 큰 덩어리를 지고서 안고서…

휘익,

힘차게 낚싯줄을 던져 본다.

지고 안은 그 덩어리를 떨쳐 버리고 싶어서…

짓눌린 몸뚱이를 제대로 추스르지도 못한 채…

소박한 소풍

비 오는 금요일 아침. 출근 준비로 바쁜 일점이보다 더 바쁜 사람이 또 한 명 있었다. 소풍 준비에 마음이 더 바쁜 집사람이었다.

빵, 과일, 삶은 고구마 등을 챙겨서 일점이의 출근길에 따라 나서기로 한 것이다. 남은 식구들이 소풍을 가기로 한 것이다.

오늘따라 서둘러 출근한 일점이를 일찌감치 내려놓고 소박하게 아메리카노 두 잔을 산 우리는, 비가 오락가락하는 북악산 길로 접어들었다.

한참을 조심조심 오르다가 잘 다듬어진 주차장을 마다하고 그 옆에 마련된 조용한 간이 주차장에 자동차를 세우고, 시동과 함께 시름도 껐다.

집에서 싸 온 빵, 과일, 고구마를 좁은 자동차 안에 펼쳐 놓고 적당히 식은 커피를 입 속에서 굴리자니 이만한 행복도 흔치는 않겠다 싶었다.

"이럴 때 비가 오면 더 좋을 텐데." 집사람의 바람 섞인 한마디에 하나님께서는 바로 비를 내려 주셨다. 응답이 빨라도 너무 빨랐다.

차분하게 차창에 내려앉는 빗방울과 안개 거느린 북악산을 물끄러미 바라보며 달짝한 빵과 쌉쌀한 커피의 조화를 느껴 보는 일도 쉬이 오는 일은 아니지 싶었다.

그리 멀리 가지 않아도, 그리 큰돈 들이지 않아도, 마음먹기에 따라 달라질 수도 있겠지만, 소박한 소풍 정도는 그리 멀리 있지 않더라.

내 고향

도회에 나와 살고 있는 내게도 눈을 감으면 언제나 떠오르는, 추억으로 가득 찬 고향이 있었다.

부산시 기장군 정관면 모전리 248번지.

그런데 그 고향이 사라졌다. 아니 엄청나게 발전하고 변해 버렸다. 아직은 쓸 만한 내 눈을 씻고 찾아 봐도 비슷한 흔적조차 찾을 수가 없다.

그렇게도 정확하다는 구글 지도 앱에다 우리 집 주소를 정확하게 입력했는데도 우리 집은 어디로 사라져 버렸는지 성냥갑처럼 밋밋한 아파트만 나온다.

아버지의 우등상품으로 심으셨다는 맛있는 단감나무에서 단감도 따 먹고 싶고 부엌 앞 우물가에 심겨진 석류나무에서 입 쫙 벌린 석류도 양껏 따 먹고 싶은데….

거머리와 함께 밀짚을 타고 수영을 하던 '노래못'도 한 바퀴 휘이~ 둘러보고 싶고, 겨울이면 비료 포대 타고 놀던 '솔동'에도 느긋하게 뒷짐 지고 올라가 보고 싶은데….

물 맑은 거랑*에서 등목도 해 보고 싶고, 우물 속에 시원하게 담가둔 수박도 먹고 싶고, 돌담장에 얌전하게 올라앉은 호박으로 맛있게 호박전도 부쳐먹고 싶은데….

그 모든 것이 다 사라져 버렸으니 어디 가면 그것들을 다시 찾을 수 있을까? 꿈속이라면 혹시 다시 찾을 수가 있으려는지 억지로라도 잠을 청해 봐야겠다.

* 거랑 : 내[川]의 방언(경상, 충청)

할아버지와 유건

할아버지께서는 아무리 무더운 한여름에도 바깥출입을 하실 때는 항상 머리에 유건을 쓰시곤 하셨다.

가만히 앉아 있어도 등줄기가 땀에 흥건히 젖는 날에 두르지 않아도 될 망건까지 두르시고 유건을 이리저리 꼭꼭 눌러 가며 쓰셨다.

어린 손자가 보기에는 정말로 부질없는 일처럼 보였다. 추운 겨울에 털모자라면 모를까 한여름 무더위에 망건, 유건이라니….

왜냐하면 사실 할아버지께서는 뒤통수에만 머리숱이 조금 남아 있는 아주 심한 대머리이셨으니까….

꼬치꼬치 이유를 캐묻는 짓궂은 손자를 말없이 물리치시며 수염까지 가위로 정성스레 다듬으시고서, "내, 다녀오마." 하시며 방문을 나서곤 하셨다.

할아버지께서는 더워서 흘리는 땀보다 당신의 머리 내보이시기가 더 부담스럽고 싫으셨는지도 모르겠다.

머리털이 전혀 없는 데도 망건을 두르시고 아무리 더워도 유건을 쓰셔야만 바깥출입이 가능했던 그 처지를 알 수 없던 그 손자도 제 머리 빠져 보니 이제야 알 것 같다.

새부리모자를 점잖게 눌러 쓰신 어르신들을 마주치기라도 할 때면 할아버지가 사무치게 그립다. 그때 그런 새부리모자라도 사다 드렸다면 망건, 유건 다 놔두시고 그 모자를 쓰셨을까?

워치독

내 가까이에는 언제나 선한 워치독watch dog 하나가 있어, 부족하고 잘못된 점을 지적해 주기도 하고 용기를 북돋워 주기도 해서 참 든든하다.

짧은 실력인 줄 뻔히 알면서도 금방 내동댕이치지 않고 여태까지 글을 쓴다고 껍죽거리고 있는 것도 그런 워치독의 덕분일지도 모르겠다.

시답잖은 글을 매번 끝까지 찬찬히 읽어 주고 내용의 잘잘못을 찾아내서 알려 주기도 하고 더 나은 방향까지 제시해 주니 고맙기 그지없다.

혹시라도 언짢게 생각할까 봐서 조심조심 에둘러 지적하는 모습을 보며 그 말의 진정성을 느끼는 동시에 그런 사람이 가까이 있음이 더없이 고맙다.

사실 오롯이 내 실력으로만 쓴 글을 모두가 볼 수 있는 블로그에 올리는 일이 크게 부담되는 일이기는 하지만, 먼저 걸러 주는 워치독이 있어 용기를 낸다.

불과 얼마 전까지만 해도 내가 그의 워치독 역할을 수행했었는데…. 그때 나는 그의 생각이나 형편을 고려해 가며 곰살 맞게 지적하고 지도해 주기나 했을까?

물꿩

4일, 9일에 서는 좌천장에서
엄마가 물꿩* 한 마리를 사서
힘들게 머리에 이고 오시는 날은
여덟이나 되는 우리 남매의 잔칫날이었지.

녀석을 손질할 때는
녀석의 배 속을 특히 잘 봐야 했었지.
운이 좋으면 녀석의 넓고 큰 입 속에
자신보다 비싼 생선이 들어 있을지도 몰랐으니까.

가마솥에 푹 쪄 낸 녀석을
넓은 상 위에 올려놓을라치면
각자 간장 종지를 하나씩 손에 든 우리는
순식간에 녀석을 해치워 버리곤 했었지.

시꺼멓게 때가 묻은 손으로
녀석의 야들야들한 살을 바르고
간장 종지에 푹 찍어 입 안에 집어넣을 때의
기쁨과 행복감을 말로 표현하기는 지금도 어려워.

푹 삶아 더욱 물러진 너석의 뼈는
우리들의 야무진 이빨을 비켜 가기 어려웠지만
그래도 남겨진 뼈들은 구정물과 함께
쇠죽 끓이는 가마솥으로 직행하곤 했었지.

그런 다음날에는 어김없이
우리들의 얼굴은 뽀얗게 피어났고
누렁이의 등줄기는 반질반질해지곤 했었지.
그런데 엄마는 뭘 드셨는지 통 기억이 없네….

* 물꿩 : 아귀의 방언(경남)

탄생 백 주년

아침 운전 길에 듣던 라디오 프로그램의 한 코너에서 유명 인사들의 탄생 백 주년을 기념하는 이야기가 나왔다. 남미의 탱고 작곡가인 '아스토르 피아졸라'도, 이 나라의 소설가 '이병주'도 탄생 백 주년을 맞았단다.

멀리 볼 것도 없다. 거의 삼십 년 전에 돌아가신 내 아버지도 지지난달 26일에 탄생 백 주년을 맞으셨다. 이런 작은 계기라도 있어야 겨우 찾게 되는 자신의 속내가 못내 못마땅하면서도 어렵사리 아버지를 추억해 본다.

그 분, 내 아버지는 시대를 한참이나 앞질러 갔으면서도 끝내 현실을 떨쳐 버리지 못하고 현실과 다투며 살아간 작은 투사였었다.

조실부모하고 거의 혼자서 집안을 거두시고 삼 남 이 녀 자식을 건사하신, 차분하고 성실한 할아버지를 어쩌지 못해 어렵사리 얻은 직장을 아쉬움 속에 던져 버리고, 논밭으로 똥장군을 다시 지고 다니고 소와 씨름하며 쟁기질을 하던 그 얼얼한 사정을 알아주는 사람은 그때도, 그 후로도, 아무도 없었다.

세상에는 새롭고 신기한 물건들로 가득 차 있고, 하고 싶은 일도 많고, 가지고 싶은 것도 너무 많음을 이미 다 봤는데…. 오늘을 어제처럼 살았듯이 내일 또한 오늘처럼 살아갈 사람들이 주위에는 지천이었지만, 안 봤으면 모를까 더는 그러고 싶지 않았을 게다.

그러나 다음 날 아침이면 져다 나를 똥장군이 또다시 차오르고, 논밭의 풀은 무릎이 잠기도록 자라나고, 아버지의 낮고 묵직한 목소리가 들려왔을 텐데…. 터지려는 가슴 움켜쥐어 봤겠지만 대문 밖에는 모두가 섬겨야 할 집안 어르신들로 가득가득한데 도대체 어디로 튀어 나갈 수가 있었겠는가? 얼얼한 그 사정을 알아줄 거라고는 독한 술밖에는 없는데, 술로도 못 다 푼 한이 또 속을 헤집었을 게다.

거의 삼십 년이나 지난 지금 그런 헛헛하고 얼얼한 속을 따끈하고 쓴 커피 한 잔으로 풀어보려 애쓰는 내 모습을 보면서, 독한 술로 그 속 좀 풀어 보겠다는 그 사정을 이해하지 못한 속 좁은 아들이 아버지의 탄생 백 주년이 되어서야 먹먹한 가슴으로 되돌아보게 된다.

오늘같이 비가 내리면

오늘같이 비가 내리면
비 맞은 꽃잎을 하염없이 바라보고 싶다.
꽃잎 끝에서 떨어지지 않으려고 발버둥치는
빗방울 속에서 나를 발견하고 싶어서…

오늘같이 비가 내리면
외진 산길로 자동차를 몰고 나가고 싶다.
차창으로 내리는 비를 온전히 느끼며
오로지 운전에만 집중하고 싶어서…

오늘같이 비가 내리면
호숫가 언덕으로 달려가고 싶다.
드넓은 호수에 후드득후드득 떨어지는
빗방울에다 내 가슴 응어리도 싣고 싶어서…

오늘같이 비가 내리면
창 넓은 개울가 카페를 찾고 싶다.
내리는 비와 불어나는 개울물을 바라보며
아직도 내가 살아 있음을 느끼고 싶어서…

오늘같이 비가 내리면
아무하고라도 말을 나누고 싶다.
따뜻한 차 한 잔을 서로 나누며
내 설움도 네 아픔도 반으로 쪼개고 싶어서…

오늘같이 비가 내리면
작은 우산 하나 들고 집을 나서고 싶다.
아무리 대비해도 어쩔 수 없는 일이
너무 많음을 온 몸으로 느끼고 싶어서…

오늘같이 비가 내리면
오래 전 돌아가신 할머니 생각이 난다.
낙숫물을 받으려고 양동이를 돌려 대시며
뱉으시던 그 한숨을 그때는 알아채지도 못했다.

할머니께서 켜켜이 묻어 두신
가슴속의 그 설움이 너무 크고 무거워서
말귀조차 알아듣지 못하는 손자에게라도
털어놓고 싶으셨는지 모르는데도….

호(號) 바람

‘호號’ 바람이 거세다. 호는 본명이나 자字 이외에 허물없이 쓰기 위하여 지은 이름이라는데…,

회원이 스무 명도 채 안 되는 작은 모임인 ‘이수회’에 지금까지 파악한 숫자만 해도 일곱이다. 순식간에 전 회원이 호를 가지게 생겼다.

‘벽해’, ‘경원’, ‘돌담’, ‘도환’, ‘힘멜’에다 ‘진산’, ‘초량’ 등 아름답고 의미가 있는 이름들이 대부분이다. 자기 스스로 고른 이름이니 오죽하랴.

상대의 호를 알고 있다면 여러모로 편할 것 같다. 허물없이 쓰기 위해서 지었으니 편하게 허물없이 쓰면 될 것이다.

다들 호를 가지고 있는 듯하니 나도 하나 지어야 할 텐데…, 작은 머리로는 도무지 생각이 나지 않는다. 그렇다고 그냥 접기에는 또 너무 섭섭하다.

그래서 생각했다. 내가 존경하는 할아버지의 호가 '모전리 뒷산'이란 의미의 '모산茅山'이었으니 나는 그의 한글 표현인 '띠뫼'로 하리라.

그렇게 되면 나의 호를 아는 누군가가 나를 불러 줄 때마다 모산 할아버지도 함께 추억할 수 있으리라.

이렇게 호 타령을 하고 있자니, 하얀 두루마기를 휘날리며 온 동네를 휘젓고 다니시던 모산 할아버지께서 감긴 내 눈에 나타나신다.

관심을 가져야

설날 아침이다. 달갑지 않은 황사로 비록 화창하지는 않지만, 눈이나 비가 차량 통행을 방해하지는 않을 듯한 맑은 날이 며칠째 이어지고 있다. 올해의 설은 '코로나19' 바이러스의 전파 기세가 멈추지를 않아서 내려진 '5인 이상 집합 금지' 등 방역 당국의 당부로 귀성 행렬이 많이 줄어들기는 했나 보다. 하기야 귀성 행렬만 줄었지, 제주나 강원도를 비롯한 관광지의 숙박 시설은 예약이 완료되었다는 귀에 거슬리는 소식이 연신 전해진다.

나도 한때는 명절 때마다 시골에 다녀오느라 힘든 시기를 보낸 적이 있었다. 부모님께서는 모두 돌아가시고, 정든 시골 동네가 신도시로 탈바꿈하면서 집성촌이던 시골에서 모든 친척들이 뿔뿔이 흩어진 지금에야 갈 만한 시골도 없으니 한 가지 걱정은 던 셈이다.

어제 저녁 막내 숙모님께 설날 문안 인사를 하고 형제들에게 설날 문안 문자를 다 보냈다. 설음식을 준비하고 있는 집사람과 일점이를 보면서 지금은 사라진 시골 동네와 뒹굴며 지내던 우리 집이 생각났다.

더불어 돌아가신 할아버지, 할머니와 아버지, 어머니도 생각이 났다. 그러다가 문득 아버지께 담배 심부름을 해 드리던 일이 생각났다. 40년도 더 된 어느 추운 겨울에 아버지께서는 어머니와 함께 서울의 우리 집에 올라오셨다. 아마도 그때가 내가 서울에서 결혼할 때 다녀가신 후 두 번째로 오신 것이 아닌가 싶다.

서울로 출발하셨다는 연락을 받고 시간에 맞춰서 서울역에 나가서 택시로 수유리의 집으로 모시고 왔다. 집사람이 정성스레 준비한 음식을 다 잡수시고 난 아버지께서 담배를 피우고 싶으신데 올라오시는 동안에 다 피웠으니 새로 한 갑 사오라고 하셨다. "예, 알겠습니다. 얼른 사 오겠습니다."

막상 대문을 나서기는 했지만 담배 가게가 어디에 있는지 알 수가 없었다. 그러고 보니 2년여를 살아오기는 했지만 길거리를 지나다니면서 담배 가게를 한 번도 본 적이 없었다. 사실은 담배를 피우지 않는 나로서는 담배 가게를 볼 필요조차 없었다고 해야 맞는 말일 것이다.

그렇다고 마냥 서 있을 수도 없어서 무작정 큰길로 나가 보기로 했다. 큰길로 나가면서 잘 찾다 보면 어디엔가는 있겠지 싶었다. 그래서 호주머니에 손을 깊숙이 찔러 넣고 슬리퍼를 끌면서 걸어가는데 집 앞의 진희네 가게에 담배라고 크게 써 붙인 간판이 눈에 들어왔다. 일 년이 넘도록 매일 들락거렸으면서도 담배 간판은 보지 못했는데 떡하니 붙어 있었던 것이다.

얼른 담배 한 갑을 사서 아버지께 갖다드리고 나서 너무 당혹스러웠던 나는 다시 대문을 나서서 내가 매일 출근하는 길을 더듬어 봤다. '매일 들락거리면서 담배 가게 간판은 왜 보지 못했을까? 진희네 가게 아저씨랑은 매일 인사도 했었는데….'

담배 가게 간판이 숨어 있었던 것도 아니었다. 오히려 사람들이 잘 보이도록 약간 튀어나오게 사람들 눈높이 만하게 잘 매달려 있었다. 그렇다…, 내게 소용되지 않는다고 무관심했던 것이다. 관심을 가지면 보이는 것도 무관심하면 보이지 않는 것이다. 은행원이었던 나는 길을 찾을 때 굳이 우리은행이 아니더라도 은행의 지점을 기준으로 하여 찾아가면 손쉽고 편하다.

그처럼 관심을 가진 일이나 물건은 쉽게 손에 익고 눈에 띄며 무관심한 일이나 물건은 손에도 질 익지 않고 눈에도 잘 띄지 않는 모양이다. 현역에서 물러나 있다 하더라도 매사에 관심을 가지고 살아야 할 이유가 여기 또 하나 있더라.

관심을 가져야 눈에 보인다.

이만하면

남보다 많이 배우지도 않았고
남보다 높이 올라가 보지도 못했고
남보다 많이 가지고 있지도 못하고
남보다 건강하지는 못하지만

더 배우지 않고도
다른 사람들이 쓴 글을 읽을 줄 알고
내가 생각하는 바를 쓸 줄은 알고 있으니
더 바랄 것이 뭐가 있겠는가?

더 올라가려고
남의 발등 밟아 가며 발버둥치지 않아도
그다지 뒤처지지는 않게 따라가고 있으니
더 바랄 것이 뭐가 있겠는가?

더 가져 보려고
남의 것을 몰래 훔치거나
억지로 빼앗지 않고도 살아갈 수 있으니
더 바랄 것이 뭐가 있겠는가?

더 건강해지고 싶어서
값 비싼 약 먹거나 힘든 운동 하지 않아도
아직은 근근이 버티며 살아가고 있으니
더 바랄 것이 뭐가 있겠는가?

더 배우고 싶고, 더 높이 올라가고 싶고
더 가지고 싶고, 더 건강하고 싶은 마음이야
누구에겐들 없으랴만…
누그러뜨리기 또한 여간 어렵지 않겠지만…

이만하면
충분하다고 생각하는 그 마음이
나를 살리고, 주변 사람들 덜 피곤하게 하는
비약秘藥임을 알고, 또 널리 알렸으면 좋겠다.

내가 너무 했어

"아빠는 너무 말이 많아." 녀석의 농담 한마디에 움찔한다. 갑자기 머릿속이 뜨뜻해지는가 싶더니 지난 시간들이 주마등처럼 지나간다.

녀석이 하루하루 커 가는 것이 너무 신기하고 예뻐서 어릴 때는 바닥에 내려놓기가 싫었고, 크고 나서는 무슨 말이든지 섞고 싶었다.

아뿔싸! 그렇지만 그 세월이 너무 길었다. 이제는 안아 줄 힘 부치는 것은 고사하고 말 섞기에도 내 머리가 너무 모자라는데,

녀석의 커진 덩치에 겁먹고 안아 주기는 포기했으면서도, 입은 여전히 살아 있는 줄 알고 멈추지 않다가 녀석에게 크게 한 번 당한 거다.

하기야! 이해 못할 일도 아니지…, 머릿속에 새로이 채우지는 않으면서 반복해서 끄집어내고만 있으니 들었던 이야기 또 듣는 게 누군들 좋겠는가?

머릿속을 새로이 채워서 예전처럼 많은 말을 하면서도 말만 많다는 느낌을 주지 않았으면 정말 좋겠는데….

따지고 보면 당연한 그 일을 스스로 하기가 너무 귀찮아서 같은 실수를 반복해 대는 걸 보면 내가 보기에도 내가 너무했어.

고마운 우산

집사람과
함께 나섰다가
집으로 돌아오는
산책길

나설 때부터
얼굴을 잔뜩 찌푸리던 하늘이
그 구름 혼자 붙잡고 있기에는
너무 무거웠던지…

후두둑 빗방울을
여기저기 뿌려댄다.
혹시나 하고 가져온
작은 우산 하나에

얼굴을 서로 부딪치며
한참을 걸어서 왔다.
작아서
더 고마운 우산….

바람 따라

하늘을 치솟는 저 연을 타고

높이 날아올라 보고 싶다

세상이 얼마나 넓은지 알아보고 싶어서…

바람 따라

하늘을 내달리는 저 연을 타고

넓은 세상을 힘차게 내달려 보고 싶다.

세월이 얼마나 빠른지 알아보고 싶어서…

아빠와 딸

숙제를 마친 딸이 아빠 손을 끌고 슈퍼마켓으로 향한다. 아이스크림을 사 먹기 위해서다.

아빠가 딸에게 묻는다.

"얼마짜리 사 먹을 거야."

딸이 대답한다.

"오백 원짜리 하나면 돼요."

슈퍼마켓에 도착한 딸이 칠백 원짜리를 잡고 놓지를 않는다. 달랑 천 원짜리 한 장을 손에 든 아빠의 표정이 난감하다.

집에 돌아오는 길에 뿌루퉁한 아빠가 한마디 한다.

"너 같이 무계획한 사람은 생전 처음 본다."

딸이 얼른 아빠의 말을 되받는다.

“아빠처럼 융통성 없는 사람은 생전 처음 봐요.”

아이스크림을 든 딸은 앞서서 뛰어가고 빈손의 아빠는 두어 걸음 뒤에서 천천히 걸어간다.

아빠의 입에서 이유 모를 웃음이 번진다.

반찬 그릇 돌리기

»

할머니 부부와 손자가 밥상에 나란히 앉아 식사하고 있었다. 할머니가 손자 앞으로 몇 가지 안 되는 반찬 그릇을 돌리셨다.

"이것 좀 먹어 봐."

시큰둥한 손자는 마지못해 젓가락을 댔다.

"이것도 좀 먹어 봐."

손자가 한마디 했다.

"내 팔도 닿아요. 내가 알아서 먹을게요."

할머니는 아랑곳하지 않고 식사 시간 내내 반찬 그릇을 돌리셨다. 그 덕에 입 짧은 손자 겨우 버텼다.

» »

환갑을 넘긴 부부가 식탁에 마주앉아 식사를 한다. 부인이 반찬 그릇을 남편 앞으로 내민다.

"여보, 이것 좀 드셔 보세요."

부인의 정성이 고마워 마지못해 젓가락을 댄다.

"여보, 이것도 좀 들어 봐요."

남편이 한마디 한다.

"내가 알아서 먹을 테니 당신이나 들어요."

부인은 아랑곳하지 않고 식사 시간 내내 반찬 그릇을 돌린다. 그 덕에 입 짧은 남편 겨우 버틴다.

잔소리 피하기

할아버지 부부와 손자가 나란히 누워 잠을 청한다.

할아버지를 향한 할머니의 잔소리가 쉼 없이 이어진다.

할머니는 손자의 동조를 열심히 구해 보지만 손자는 자는 척 미동도 없다.

참다못한 할아버지의 한 마디,

"홍아! 불 꺼뿌라*."

방안이 조용해진다.

나도 이런 방법이 통할까?

*꺼뿌라 : "꺼버려라"의 경상도 방언

꼬맹이

"우리 꼬맹이가요…"
"우리 꼬맹이는요…"
내게는 눈에 넣어도 아프지 않을 만큼
이쁜 꼬맹이 하나가 있다.

덩치가 커졌어도
나이가 마흔이 넘었어도
직장에서는 부서장이 되었어도
내게는 여전히 꼬맹이다.

부르는 나도
어색하지 않고
듣는 꼬맹이도
불편한 기색이 없는 듯하다.

한때는 나도
내 아버지께
눈에 넣어도 아프지 않을 만큼
이쁜 꼬맹이였으리라.

당신은 제게 도움이나 주시는 그런 분이 아니라

당신의 큰 그림 속에는 작은 저도 있으리라는 것을,

괜스레 다른 길로 빠지지 말고 그냥 매달릴지라…

제3부

그냥 매달릴지라

하하 호호

“하하 호호”, 아내의 오랜 친구들이 모처럼 우리 집에 모였다. 올 들어 제일 춥다는 날인데도….

이마와 얼굴에는 몇 줄의 잔주름이 자리 잡고, 피부는 약간 메마른 듯해 보여도 그 속에 켜켜이 묻어둔 연륜이 조금씩 비친다.

아내의 부탁으로 내가 제일 자신 있는 커피를 한 잔씩 내려 드리고 나오려다가 동영상을 보여 달라는 부탁에 잡히고 말았다.

서투른 솜씨로 만든 엉성하고 볼품없는 졸작이지만 자기들이 등장하는 영상이라 그런지 “하하 호호”, 즐거운 웃음이 그치지를 않는다.

모처럼 방문하시는 손님들 덕분에 아침부터 바빴어도 그분들이 즐거워하시는 모습을 보니 나도 덩달아 즐겁기만 하다.

오늘 저녁에 귀한 송년 모임이 있어 어차피 나서야 하는 걸음을 당초 예정보다는 좀 더 일찍 집을 나섰다.

손님들이 좀 더 편하게 시간을 보내셨으면 하는 작은 배려를 가슴에 안고 나서는 나의 발걸음이 유난히 가볍기만 하다.

사십 년이 넘도록 알아 오는 사이이기는 하지만, 아직도 조심스러움이 남았으니 참…. 그분들은 전혀 그렇지 않을지도 모르지만….

귀한 머그잔

맛있다. 정말 맛있다. 귀하게 얻은 잔에 담긴, 내가 내린 카페라떼는 정말 맛있다.

엊그제 예배를 마치고서 귀한 머그잔을 얻었다. 몇 주를 가지고 다니다가 전해 주는 거란다.

안수집사회와 남선교회에서 합동으로 개최한 야유회를 기념하기 위하여 만든 납작하고 예쁘장한 하얀 머그잔이다.

정작 야유회에는 참석하지도 못했는데, 기억해 뒀다가 챙겨 주신 집사님들의 마음 씀씀이가 너무 고맙다.

머그잔을 얻고 나서 제일 먼저 생각난 것이, 그처럼 귀한 잔에다 내가 내린 카페라떼를 맨 먼저 담아서 마시고 싶었다.

그렇다. 귀하게 얻은 잔에는 귀한 것을 먼저 담아야 제격일 것이다. 카페라떼를 내리는 손에 제법 힘이 들어간다.

이 세상 누구도 알아주지 않을지는 몰라도, 내가 내린 카페라떼가 담겨 있는 귀한 머그잔을 들고 있는 이 시간이 참 좋다.

집안 여기저기에 있는 머그잔에 무슨 귀천이 있겠냐만, 자꾸만 눈이 가고 만지고 싶은 녀석이 따로 있으니 그 마음까지야 어찌 막으리까?

역시 욕심이

끼룩~ 끼룩~, 시끄러운 기러기 소리 속에 뚜루루~ 뚜루루~, 낮지만 강한 소리가 섞여서 들려왔다.

사방이 어둑한 새벽, 자리를 박차고 일어나 자욱한 안개를 헤치고 문을 나섰다. 어디에선가 나를 부르는 두루미를 찾아서….

수년째 이곳 양지리에서 두루미를 따라다니다 보니 이젠 나지막한 울음소리만으로도 녀석을 어렵지 않게 알아볼 수 있게 되었다.

두루미가 있는 위치를 가늠해 보고자, 드넓은 철원평야 귀퉁이에 서서 신통찮은 귀를 쫑긋 세우고 둘러봤다.

저만큼에서 뚜루루~ 뚜루루~ 들려오는, 낯익은 울음소리에 고개 돌려 보니 두루미 두 마리가 논바닥을 훑고 있었다.

몇 컷을 담긴 했으나 좀 더 선명하게 잘 담고 싶어서 조금씩 가까이 다가가다가 주위를 살피던 녀석에게 그만 들키고 말았다.

순간 실수를 느끼고 발걸음을 멈추었는데도 두 녀석은 약속이라도 한 듯이 큰 날개를 휘저으며 멀리멀리 날아가 버렸다.

역시 욕심이 화를 불렀다. 저번에도 그렇게 날려 버리고 아쉬운 마음에 비싼 카메라를 샀는데…, 또다시 똑같은 사고를 저지르고 말았다.

달의 숨바꼭질

이 땅의 윗녘인 철원의 두루미마을에서 두루미를 담으려고 철원평야를 이리저리 돌아다니고 있던 중에,

카톡, 카톡 거리며 이 사람 저 사람에게서 고마운 연락들이 빗발친다. 달을, 그것도 붉은 달을 담으라고….

두루미를 채 담지도 못했지만 아쉬운 마음은 내일로 미루고 발걸음을 돌려 숙소로 돌아왔다.

여기는 시골이어서 조용하고 불빛이 적어서인지 선명하게 달과 별을 볼 수 있었다. 그렇다고 천왕성까지 볼 수야 없었지만….

카메라를 들이밀자 붉고 곱게 화장을 한 그야말로 말로만 듣던 레드문이 수줍은 듯 얼굴을 드러내고 있었다.

반가운 마음에 얼른 카메라에 담았다. 한참 뒤에 궁금해서 나가보니 녀석은 부끄러운지 왼쪽 얼굴을 가렸다.

너무 많은 사람들이 봐서 그런지 이번에는 오른쪽 얼굴을 가리는가 싶더니 급기야는 화장 지운 얼굴을 쓱 내밀며 언제 그런 일 있었느냐는 듯 시치미를 뗀다.

언제나 잠잠히 떠 있는 줄로만 알았던 달이 숨바꼭질을 하는 모습을 보느라 어젯밤 나는 수없이 문지방을 들락거렸다.

양지리의 새벽

기러기 떼가
어렴풋이 밝아 오는
새벽 으스름을 깨우며
시끄럽고 요란하게 줄지어 나르고

길고양이들은
온 동네가 제 땅인 양
무리 지어 휘젓고 다니면서
소용도 없는 땅따먹기 놀이를 하고

이슬방울들은
배춧잎에 매달려
떨어지지 않으려고
의미도 없는 안간힘을 쓰고

쳐다보는 사람
하나 없는데도 달님은
이리저리 고개를 돌려가며
한사코 구름 사이로 고개를 내밀고

하는 일 없이
바쁘기만 한 참새들은
잔망스럽게 여기저기 옮겨 다니며
끝없는 쪼잘댐으로 존재감을 알리고

목줄이 매여
불만인 멍 선생들은
제 목줄 풀어 줄 누군가를
기다리며 한없이 발만 구르고

마당에는
입맛 돋울 온갖 푸성귀가
아직은 지천으로 깔려 있어
보기만 해도 몸과 마음이 푸근하기 만한

조용한 이곳
양지리가 나는 참 좋다.
기러기와 두루미가 떼로 몰려올 때 쯤
누가 부르지 않아도 다시 찾아와 봐야겠다.

일각이 여삼추

끼룩~ 끼룩~.

바깥이 시끄럽다. 벌써 기러기를 비롯한 철새들의 방문이 시작되려나….

반가운 마음에 하늘을 쳐다봤다. 아니나 다를까 기러기 떼가 하늘을 날고 있다.

적게는 열 마리에서 많게는 백 마리 정도가 떼를 지어 시끄럽게 날고 있다.

드디어 기러기 떼를 만나볼 수 있으려나 싶던 그때, 들뜬 내 마음을 가라앉히는 한마디,

"한 달은 더 있어야 될 거예요."

그렇다면… 지금 돌아다니는 저 녀석들도 분명 기러기인데….

"머무를 장소 둘러보러 온 녀석들일 거예요."

그렇구나…, 저 녀석들은 많은 식구가 살아가기에 적당한 곳인지 알아보러 온 녀석들이구나.

제대로 된 기러기 떼를 보거나 두루미나 독수리를 찾아보려면 한 달은 더 기다려야 되겠구나….

기러기나 두루미를 보고 싶은 마음이야 일각이 여삼추이지만 때맞춰 다시 한번 올 수밖에 없겠다.

오메가 접견 실패

몰랐다. 진정 몰랐다. 준비가 그다지도 철저할 줄은 정말 몰랐다.

지켜 줄 호위병이래야 구름 정도일 줄로만 알았지 그렇게 철저하게 준비했을 줄은 몰랐다.

일출 시간과 날씨를 점검하고 별이 총총한 새벽에 몇 차례 실패했던 동명항으로 또 향했다.

동명항에는 영금정 주변으로 크고 작은 사진기를 든 나름 전문가들이 초조하게 기다리고 있었다.

기다리기 초조해서 지나는 갈매기를 담고 있던 그때, 저 멀리 수평선에 검고 넓은 물체가 떡하니 버티고 서 있는 것이 눈에 들어왔다.

구름만 없으면 접견할 수 있을 줄 알았는데, 그래서 구름이 걷히기만 바랐었는데…. 구름 아니어도 방해할 이가 또 있을 모양이다.

구름 한 점 없는 데도, 바위인 듯 아닌 듯 검은 물체를 밀고서 무심한 해가 쑥 뜨고 말았다. 결국 오늘도 오메가 접견에 실패하고 말았다.

구름에 가려서 저 멀리 버티고 선 얄미운 물체를 미리 알아보지 못한 내 탓인 것을 어쩌랴…. 어디로 찾아가면 한번이라도 만나 뵐 수 있을까?

그냥 열려 있을 뿐이지

처음엔 좀 얄밉게 보였다. 큰 비와 센 바람을 퍼부어 놓더니 말갛게 갠 채로 웃고 있는 그 얼굴이 얄미웠다.

이웃 나라 일본 땅은 물론 이 나라 남녘땅을 휩쓸고 지나가면서 엄청난 비바람으로 쑥대밭을 만들어 놓더니, 이 땅 지나자마자 쨍하고 맑은 얼굴을 내밀다니….

어제까지만 해도 받쳐 든 우산 옆구리로 쑥 들어와서 이단옆차기를 해대던 녀석과 한통속이 되어 날뛰어 대더니만….

오늘 아침엔 어젯밤 일은 알 바 아니라는 듯이 시치미를 뚝 떼고 내려다보고 있는 그 모습은 무슨 말로 설명할 수가 있을까?

혼자 있기는 저 자신도 부끄러웠든지 지나가던 흰 구름 몇 조각 붙잡고 앉은 품새가 여간 얄미운 게 아니었다.

어떻게 보면 오늘의 그는 어제와는 아주 다르게 보이기도 한다. 침울하고 심술궂은 그 모습이 전혀 아니다.

이제야 그 사정을 알 것 같기도 하다. 하늘은 그냥 열려 있을 뿐이지 들어앉는 대상을 가려서 받지는 않는다.

여태까지도 그랬듯이 누구라도 들어앉으면 주인이 되는 거다. 하늘이 상대를 골라서 받기라도 한다면, 그건 이미 하늘이 아닌 게지. 안 그런가?

미리 알아내고서

진료 시간이 아홉 시로 예정되어 있고, 집에서 병원까지는 지하철로 다섯 정거장에 불과하지만,

어떤 단체의 시위가 있을 예정이라 하여 일곱 시 반이 조금 넘어서자 출근하는 일점이를 재촉해서 집을 나섰다.

지하철 안은 여전히 복잡했지만 일점이와 함께하는 아침 길은 전혀 답답하거나 힘들지가 않았다.

출근하는 젊은이들의 백팩이 내 얼굴을 밀어제쳐도 핸드백 끈이 내 손목을 낚아채도 얼굴 찡그리지 않을 만큼 여유가 있다.

일찌감치 접수 등록을 하고 사람 적은 찻집 구석 자리에 앉아 높다란 구름 떠받든 홍화문을 바라보며 찬 음료 한 잔을 앞에 두고 이 글을 쓴다.

때론 알 수 없는 일 때문에 곤욕을 치르기도 하지만 미리 알고 대비를 하는 데도 알 수 없는 여유를 가지게도 되는가 보다.

시위를 예정한 그 단체 때문에 생각지도 못했던 여유를 가지고 생각지도 못했던 방식으로 머리를 식힌다.

아마도 지켜보시던 그 분께서 몸도 마음도 여유가 없었던 내 사정을 미리 알아내고서 이런 쉼을 마련해 주셨는지도 모를 일이다.

요 며칠 내리는 비

부엌 창을 통하여 멋들어지게 보였던 수락산 윗자락을 시커멓고 낮게 깔린 구름이 삼켜 버렸다.

전문가들의 말로는 그렇게 짙게 깔린 구름이 하늘 끝까지 덮어 버렸단다. 무거운 물기를 잔뜩 머금은 채로….

머리에 이고 있던 물기가 너무 무거워 더 이상은 버티지 못하고 그냥 바닥에 내려놓고 마는 모양이다.

그렇게 내려진 비가 이 나라 허리를 오르내리며 고을마다 온통 물바다를 만들고 있다. 지난 백 년 중에 제일 많이 내린 비란다.

여기 저기 아우성이다. 지대 낮은 집에는 물이 차고, 지나가던 자동차가 멈춰서고, 멀쩡하던 옹벽이 무너져 내렸다.

앞으로도 더 내릴 거라니 여간 걱정스러운 게 아니다. 백 년에 한 번 내릴 비를 대비해서 대책을 세워 둔 곳이 그리 많지는 않을 텐데… .

요 며칠 내리는 비로도 이처럼 무섭고 걱정스러운데…, 이 와중에 사십 주야를 비가 내렸다는 노아 때의 홍수가 생각나는 것은 왜일까?

관련 시설을 정비하고 주의를 게을리 하지 않는 등 우리가 해야 할 몫은 빠짐없이 해야겠지만, 무엇보다 우리 모두의 기도가 필요할 때다.

어련히

누구나
내 속 뒤집어
보여 줄 수 없어서
억울함을 느낄 때가 있었을 것이고

누구나
내 말 그대로
믿어 주는 사람 없어서
답답함을 느낄 때도 있었을 것이다.

누구나
보고 싶을 때
마음대로 볼 수가 없어서
그리움을 느낄 때가 있었을 것이고

누구나
내보이지는 않아도
혼자 감당하기에 너무 어려운
살 찢는 아픔을 느낄 때도 있었을 것이다.

또한 누구나
가슴에 차고도 넘쳐서
목젖 치받고 슬금슬금 기어 나오는
독한 슬픔을 느낄 때조차 있었겠지만…,

그러나 누구나
이불 뒤집어쓰고 있어도
벌어진 입 밖으로 내보이고 마는
벅찬 기쁨을 느낄 때도 자주 있었을 것이다.

억울하고 답답하고
그리운 마음을 어쩌지 못하고
아프고 슬픈 마음 가눌 길 없을 때
벅차게 기쁠 때도 자주 있었음을 기억했으면…,

우리에게는
우리가 능히 이겨 낼 만큼의
시련만 주시겠다고 약속하신 그 분이
어련히 알아서 예비해 두셨을라고….

상상이 되나요?

언덕 위에는
조그만 예배당이
온 동네를 푸근하게 내려다보며
하나님의 돌보심을 알려 주고 있고

드넓은 들판에는
후덥지근한 바람이 벼 포기를 흔들고
용케 우렁이 찾은 왜가리가 머리를 쳐들 때
시샘 난 까마귀는 하늘을 나르며 까악거리고

멋모르고 놀란 참새는
괜스레 처마 끝에서 짹짹거리다가
시끄럽다고 핀잔을 받으며 쫓겨나는 이 땅이
한때 전쟁 통에 휩쓸렸다는 게 상상이 되나요?

얇은안개가 산허리를 감싸고
부지런한 농부는 먼 물꼬 보살피러 가고
이웃들이 아침 인사 나누기에도 바쁜 이 땅이
그렇게도 험한 일을 당했다는 게 상상이 되나요?

튼튼하게 지어진 한탄대교가
남북이 함께 지었다는 승일교를 대신하고
한탄강 자락에는 은하수교를 높다랗게 지어
관광객을 유치하고 있는 여기가 거기가 맞나요?

억지로 북으로 떠넘겨진 뒤로
이 동네 많은 사람들이 끌려가서
온갖 고초를 겪고 갖은 수탈을 당했다는
지금은 총탄 자국만 가득한 노동당사를 찾았다.

아팠던 그 기억을
조금이나마 지우고 싶어서
주변에 역사 공원을 한창 조성 중인
그들의 갈급한 마음이 내게도 전해지는 듯했다.

다시는 이런 일이 없어야 할 텐데…
조용하게 살아가는 한동네 사람들을
이리저리 갈라놓는 일은 없어야 할 텐데…
나라가 좀 더 단단해지기를 조용히 기도해 본다.

그때쯤

보이지가 않아서
좀 더 잘 보고 싶어서
위로, 위로 올라가려고만 했지
언제쯤 다시 내려갈는지 생각도 못했다.

가슴 속이 답답해서
막힌 가슴 뻥 뚫고 싶어서
밖으로, 밖으로 나가려고만 했지
언제쯤 다시 들어올는지 생각도 못했다.

하도 기가 막혀서
시원하게 좀 열고 싶어서
세상천지를 뛰어다니기만 했지
언제쯤 멈추게 될는지 생각도 못했다.

세상살이에 너무 지쳐서
한바탕 폼 나게 살고 싶어서
죽으라고 일만 할 줄 알았지
언제쯤 쉬게 될는지 생각도 못했다.

위로, 위로 올라가도
그다지 잘 보이지 않고
밖으로, 밖으로 나가 봐도
답답한 가슴 뚫리지도 않고

세상천지를 뛰어다녀도
막힌 기가 열리지도 않고
죽으라고 일만 해도
폼 나게 한바탕 살아지지가 않더라.

세상사 모든 이치가
내 힘만으로는 안 되는 줄 알았으니
괜스레 허접한 힘, 쓰려고만 말고
조용히 무릎 꿇고 바싹 엎드릴지라.

위로, 밖으로 세상으로 돌아다니다
힘 쭉 빠진 나를 조용히 기다리시는
그분 품에 다가가서 안기게 될 그때쯤
비로소 모든 평안을 다 얻을 수 있을지니….

그냥 매달릴지라

도대체 제가 누구이건대
이토록 살뜰하게 보살펴 주시나이까?
애타며 기다리는 시간 길어질까 봐
관련되는 모든 일정 쭉쭉 앞당겨 주시고

그러고도 불안한 마음 지우지 못하고
까닭 없이 기우뚱거리고 지낼까 봐
목사님께서 기도하시는 그 자리에
당신도 함께 계심을 분명히 보여 주시고

일의 고비 고비마다 함께 하셔서
멈칫거림 없이 처리하게 해 주시고
좋은 병실, 좋은 이웃을 허락하셔서
지내는 동안 불편함 없게 조치해 주시고

수술 직전 대기 시간에도 함께 하셔서
모든 수술 대상자들을 위하여 기도하라며
억지로 제 입에 기도문을 넣어 주셔서
기도하는 동안 불안함을 싹 지워 주시고

모든 과정을 순조로이 진행시키시어
무리 없이 퇴원까지 이르게 해 주시니
어리석은 저로서는 그저 감사할 뿐입니다.
하나님! 도대체 당신께 저는 누구입니까?

다 마무리되지는 못한 상황인지라
닥치게 될 어려움이 아주 없지는 않겠으나
이제는 더 이상 걱정만 하지는 않으렵니다.
고비마다 늘 지켜 주시는 당신이 계시니까요….

커튼이 둘러쳐진 세 평 남짓한 천장
구석구석마다 자애로운 당신의 얼굴이
나타났다 사라졌다 반복하는 것은
분명 나를 지켜보고 계시다는 증표이겠지요….

이제는 어렴풋이나마 알 듯합니다.
당신은 제게 도움이나 주시는 그런 분이 아니라
당신의 큰 그림 속에는 작은 저도 있으리라는 것을,
괜스레 다른 길로 빠지지 말고 그냥 매달릴지라….

그분 품에 안길 때

손만 뻗으면
무엇이든지 잡을 수 있을 것 같고
달려가기만 하면
언제라도 만날 수 있을 것만 같고

필요하다는 생각이 들 때면
언제라도 양껏 구할 수 있을 것 같고
내가 거두어들이지 않더라도
언제나 그 자리에 있을 것만 같고

어떤 상황에 처하더라도
올바른 판단을 할 수 있을 것 같고
상대가 아무리 비틀어서 말을 하더라도
그 속뜻까지 알아낼 것만 같았던 그때는

내가 산처럼 크게 보였고
세상은 내 손바닥보다 더 작게 보여서
그 누구의 도움이 없어도
잘 살아 낼 수가 있을 것만 같았지만….

힘들여 손을 뻗어도
정작 손에 잡히는 것은 아무 것도 없고
어디든지 달려가고는 싶지만
정작 날 데려갈 다리가 말을 듣지 않으며

어렵사리 구해다 놔도
도무지 쓸 데가 마땅치 않고
이제는 좀 거두어들이고도 싶지만
막상 모아 둘 장소는 보이지도 않으며

정작 하고 싶은 말은 제쳐둔 채로
어울리지도 않게 엉뚱한 말만 해 대고
상대가 하는 말의 속뜻은커녕
무슨 말을 하고 있는지조차 모르겠고

불러도 다가올 친구가 없을 뿐 아니라
아무도 날 찾을 일 없을 것 같은 그때가
한평생 지고 있던 무거운 짐 내려놓고
바라기만 하던 그분 품에 안길 때일지도….

그제야

내 나이 칠순에 가까워지고, 그럭저럭 살아 온 구비 구비가 손가락으로 세기에는 좀 모자랄 지경이 되고 나서야,

지나온 세월 구석구석마다 제 몸 하나 추스를 능력조차 없었지만 나를 도우시는 그분 손 하나 꼭 붙잡고 아슬아슬하게 지나쳐왔음이 새삼 느껴지네….

내가 이 세상에 태어남도, 순조로이 가정을 꾸려왔음도, 이 나이 되도록 별 탈 없이 지내 온 것도, 다 그분의 보살핌 아니면 어림없었을 텐데도….

그때는 잘 몰랐다. 때가 되어 그냥 태어난 줄 알았고, 내가 잘해서 괜찮은 가정 꾸린 줄 알았고, 내 피나는 노력으로 건강 지키며 산 줄 알았다.

그때는 그분이 보이지 않았다. 늘 등 뒤에 계신 데도 돌아볼 여유가 없었다. 하기야 돌아봤다 하더라도 흐릿한 내 눈에는 보이지도 않았을 테지만….

내 속의 내가 너무나 크고 넓어서 그분을 돌아볼 여유가 없었다. 내 손에 쥔 것이 너무 많고 좋아 보여서 그걸 다 버리고 그분 손을 잡을 용기는 없었다.

크고 좋던 모든 게 스르르 사라지고, 잔뜩 움켜쥔 손에 힘이 슬그머니 빠지고 나니 그제야 내 눈에 그분이 보였다. 그제야 그분과 맞잡고 흔들 손이 생긴 듯하다.

말없이 등 뒤에서 보듬어 주시고, 까마득한 낭떠러지에서도 인도하시며, 불쑥 내밀어 주신 그분의 손 어렵게 잡았으니, 만나 뵐 그날까지 꼭 잡은 그 손 놓지 말아야지….

어떤 소리

바깥에서 생겨난 소리는 바깥 다 채우지 못해도 안으로 파고들지만, 안에서 만들어진 소리는 안을 다 채워야 밖으로 삐져나오는가 보더라.

그나마 어떤 소리는 안에서 어지럽게 웅얼거리기만 했지, 끝내 밖으로 나갈 생각은 하지도 못한 채 속으로만, 속으로만 기어드는 모양이더라.

아침 인사 전하는 일점이의 경쾌하고 맑은 소리는 늘상 듣던 익숙한 소리라도 들을 때마다 반갑고 즐겁기만 한대,

누군가를 원망하는 갈라지고 메마른 소리는 사람의 입에서 나온 것 같지 않을 만큼 언제나 공허하고 깔끔거리기만 하다.

싫고 거북한 소리는 시끄럽게 귓전을 때리기는 하나 가슴에 와 닿기는커녕 귓전 근처에도 다가오지 못하지만,

살갑고 부드러운 소리는 세상사람 아무도 듣지 못할지라도 나는 어두운 귀는 제쳐두고서 보드라운 가슴 하나만으로도 다 들을 수 있다.

내게서는 어떤 소리가 날까? 싫고 거북한 소리가 날까? 아니면 살갑고 부드러운 소리가 날까? 이 나이에 목소리 하나 가눌 줄도 모르다니….

하기야 내 속에서 웅얼거리기만 했지, 내보내지 못한 소리가 아직도 많은데…. 그 속 알아줄 사람을 찾지 못해서 꼭 움켜쥐고 있는 소리가 너무도 많은데… .

이제는 보이는 듯한데

내 눈에 보이는 것은
모두 잡아야 되는 줄 알았고
다른 사람들보다 더 많이 움켜쥐면
좀 더 느긋해지고 행복해질 줄 알았다.

그래서 조금이라도 더 잡으려고
작은 팔 더 크게 휘두르며 뛰어다녔고
조금이라도 더 세게 움켜쥐려고
작은 손 힘줄이 돋아나도록 쥐고 또 쥐었다.

여기저기 아무리 널려 있더라도
잡으면 안 되는 게 있는 줄도 몰랐고
나 말고도 또 잡을 사람이
수를 셀 수조차 없이 많은 줄도 몰랐다.

잡은 것을 쌓아 두려고만 했지
넉넉하지 못한 사람들과 나누려는
생각은 해 보지도 못했고
그들의 처지를 안타까워해 본 적도 없었다.

그러나 이제는 보이는 듯한데…
눈에 보인다고 다 잡아야 되는 것도 아니고
끝까지 움켜쥐고 있을 힘도 능력도 없으니
그나마도 쌓아 두지 말고 서로 나눠야 한다는 것도…

내 손에 꼭 움켜쥐고 있다고
내 마음대로 할 수 있는 게 아니라는
그 간단한 사실을 아는 데도
이렇게나 오랜 시간이 걸리고 말았구나.

손에 움켜쥔 것도 별로 없지만
그나마 본래 내 것이 아니었을 뿐 아니라
내가 움켜쥐고 있다고 내 것이 아닐 테니
잘 나눠 주고 갈 수만 있어도 좋을 듯한데…

그것도 쉽지는 않을 듯하다.
본시 사람이 용렬하고 욕심만 사나우며
나눠 본 경험도 그다지 없으니 쉬울 턱이 있나?
누가 아시거든 제게도 좀 알려 주실 수 있을까요?

겨울이 오고 있다

겨울이 오고 있다.
조용한 시골 새벽 어스름에
늦은 가을비를 타고
아무도 모르게 겨울이 오고 있다.

발톱은 품속에 꼭꼭 숨긴 채
훠이 훠이 철새를 쫓아가며
늦은 가을비를 타고
조용히, 조용히 겨울이 오고 있다.

여름이 어느 날엔가 훅 지나가고
가을이 쓱 고개를 내밀었듯이
가을 어느 언저리가 지나가고 나면
겨울이 들어찰 거란 생각은 했었지만…

갈무리를 다 마치지도 못한 참에
내리는 가을비로 걱정이 태산인데…
이렇게 슬그머니 가을비를 타고
겨울이 들어설 줄은 정말 몰랐다.

그러나 어쩌겠는가?
여름이 가고 가을이 왔듯이
이 가을이 가면 또 겨울이 오는 것을
뉘라서 말릴 수 있겠는가?

그저 내리는 가을비 쳐다보며
그 참에 땅 내딛는 겨울에게 다가가서
“올해는 좀 순하게 지나가소서.”
조심스러운 사정이나 해 볼 수밖에….

살다 보니

벗님들이여!

살다보니 내 뜻과 다르게 어려움에 빠질 때도 있고, 어이없는 실수를 할 때도 있지 않던가요?

그러나 정작 중요한 것은 누구라도 하는 실수 그 자체가 아니고, 그 실수를 어떻게 앙금이 덜 남게 잘 덮고 빠져나오는가에 달린 것 같더라고요.

어리석은 동물은 위기에 처하면 큰 덩치는 팽개치고 머리만 모래바닥에 처박고 어리석은 사람은 어려움에 처하면 손바닥으로 하늘을 가리기에 바쁘다지만,

영리한 동물은 작은 덩치로 땅속까지 숨어들고, 그도 안 되면 쥐 죽은 듯이 움츠려 처분만 기다리고, 현명한 사람은 손바닥으로 하늘을 가리는 대신 두 손을 가슴 앞으로 모으고 용서를 빈다지요.

땅속까지 숨어드는 것이, 온몸을 움츠리고 처분만 기다리는 것이, 모래바닥에 머리를 처박는 일보다 어디 더 쉽게 보여서 그렇게 했을까요?

모아지지 않는 손바닥을 억지로 모으고 뻣뻣했던 허리를 억지로라도 굽히는 것이, 손바닥을 높이 펴서 하늘을 가리는 것보다 어디 더 쉽게 보여서 그렇게 했을까요?

누구라도 하게 되는 실수라지만…, 하지 않는다면야 더 좋을 수가 없겠지만, 그보다 더 중요한 것이 앙금을 덜 남기며 재발하지 않도록 잘 마무리하는 것이라는데….

벗님들이여!

세상살이가 어디 내 맘대로만 되던가요? 혹시 실수라도 하게 되거든 대충 덮으려 말고 다시는 재발하지 않도록 야무지게 덮고 지나갑시다.

어디에다 숨겼는지…

추석 무렵의 지픈달 들판은 기계총* 걸린 머슴아들 머리통처럼 군데군데 긴 구멍이 숭숭 뚫려 있었다. 논에서 도구**를 치느라고 벼를 벤 자리였다.

그렇게 벤 벼는 몇 단에 불과했지만, 잘 훑어서 야무지게 삶아 잘 말리고 절구통에 넣고 힘들여 찧어 놓으면 입 터지게 우적우적 씹는 찐쌀이 되었지….

흙물 가라앉은 도구를 따라가며 손가락을 깊이 쑤셔 박고 이리저리 휘저으면, 논바닥 속 깊이 박혀 있는 우렁 몇 개나 미꾸라지 몇 마리쯤은 낚아챌 수도 있었지….

그러나 내게는 최고의 전리품인 그 미꾸라지 몇 마리나 우렁 몇 개로는 할 수 있는 게 아무것도 없었지…, 버릴 수도, 계속 처박아 둘 수도 없었다.

하는 수 없이 어른들이 나섰었지…. 얇은 철망으로 만든 작은 소쿠리와 헝겊을 둘둘 말아 만든 횃불을 들고 동네 앞 거랑으로 가족들이 총출동했었지….

어린 녀석들은 숨소리조차 죽이고 헝겊에 기름을 발라 가며 횃불을 밝혔고, 손 빠른 어른들은 잠자는 미꾸라지를 작은 쇠 소쿠리로 잡아들이기에 바빴었지….

잠자던 미꾸라지들이 쇠 소쿠리로 속절없이 밀려들어 가는 것을 보고서야 미꾸라지도 밤에는 잠을 자는 줄 알았다. 물론 그 덕에 쉽게 미꾸라지를 잡을 수도 있었지….

그러나 그 자리에 들어선 신도시는 '지픈달' 들판이나 동네 앞 거랑은 물론 내 가슴의 작은 추억마저도 빼앗아 가 놓고, 어디에다 숨겼는지 가르쳐 주지도 않는다.

* 기계총 : 두부 백선을 일상적으로 이르는 말

** 도구 : 물곬의 방언(경남)

사랑과 관심

어느 사무실에 들렀다가 예쁘게 꽃을 피운 난을 만났다. 너무나 반가운 나머지 카메라 셔터를 마구, 마구 눌렀다.

"누가 이렇게 예쁘게 잘 키웠을까?"

나의 한마디에 공치사하고 나서는 사람들이 참으로 많았다.

"제가 이렇게 잘 키워 냈죠."

빠짐없이 제때에 충분하게 물을 제공했다는 사람도 있었고, 햇빛이 잘 들게 틈 날 때마다 화분을 이리저리 옮겼다는 사람도 있었고, 신선한 공기가 드나들 수 있게 충분한 환기를 시켜 줬다는 사람도 있었고, 특별히 눈에 띄게 한 일은 없지만 늘 관심과 사랑으로 지켜봤다는 사람도 있었다.

그렇다. 아니 그럴 것이다. 제때의 충분한 물도 중요하고, 따스하게 잘 드는 햇빛도 중요하고, 신선하고 충분한 공기도 중요하지만, 그 어떤 것보다 더 중요한 것은 충분한 사랑과 관심일 것이다. 움직일 수도, 말을 할 수도 없는 난이 원하는 것을 아는 길은 사랑과 관심뿐이다.

아무튼 사무실에 근무하는 사람들이 더 많은 사랑과 관심을 기울여서, 제때에 충분히 물도 주고 햇빛이 잘 들게 화분도 이리저리 옮겨 주고 환기도 더 자주 시켜 줘서 어렵게 핀 꽃이 오래도록 지지 않고 피어 있어서 드나드는 모든 이들에게 잔잔한 기쁨을 계속 줄 수 있었으면 좋겠다.

잔소리

어린 딸이
예쁜 목소리로 할 때는
더 듣고 싶어서
알면서도 일부러 어깃장을 놓았었는데

호랑이 같은 집사람이
착 가라앉은 목소리로 할 때는
더는 듣고 싶지 않아서
빠져나갈 구멍 찾기에 여념이 없었지….

불편한 윗사람이
느릿느릿한 목소리로 할 때는
언제 끝나나 싶어
귀는 꾹 닫고, 시계만 내려다보고 있었지만

막상 내가 아랫사람에게
꼭 해 줄 말이 있어서 할 때는
밝고 환한 방에서
나름 나긋나긋한 목소리로 하게 되더만….

같은 사람이 들어도
하는 사람에 따라 다 다르게 들리고
내가 들을 때 싫었던 말도
정작 나는 그대로 따라 하고 있었네….

언제쯤이나 되면
좋은 말은 그냥 좋게 들을 수 있고
내가 듣기 거북했던 말을
다른 사람에게는 하지 않을 수 있을까?

하나님의 캔버스

현관문을
나서기만 하면
눈에 쑥 들어오는 북한산은
아마도 하나님의 캔버스인가 보다.

지난 한 해 내내
코로나19로 멍든 가슴은
시시때때로 변했을 그 모습을
제대로 보지도 못하고 지나쳤지만

하나님께서는
그런 때도 잊지 않으시고
계절에 꼭 맞는 예쁜 물감으로 그리셨듯이
올해도 더 크고 예쁘장한 그림을 그려 주시겠지.

봄에는
연두색 물감 살짝살짝 적시며
겨우내 움츠렸던 영혼들이 몸을 비틀며
어쿠쿠쿠~ 기지개를 켜게 하시듯이

여름에는
초록색 물감 듬뿍듬뿍 뿌려서
바삐 돌아쳐서 온몸 적신 땀 닦고
쉬어가라며 솔바람까지 얹어 주시고

가을에는
빨간 물감 들이부어서
세상살이에 지친 영혼들에게도
뒤를 돌아볼 수 있는 여유를 허락하시고

겨울에는
하얀 물감을 뒤덮어서
어지러웠던 지난 흔적 다 지워 주셔서
또다시 새 삶을 살아갈 기회를 허락하시겠지.

아무쪼록 올해는
편안하고 넉넉한 마음으로
하나님의 캔버스가 변하는 모습을
보고 즐기는 여유로움이 있었으면 좋겠다.

좋아서, 싫어도

토끼몰이 가는 먼 산은
나지막하고 가깝기만 하더라만

집 나간 누렁이 찾으러 가는 뒷동산은
한없이 멀고 높기만 하더라.

메뚜기 잡으러 가는 논둑길은
넓고 반듯반듯하더라만

다 익은 콩 거두러 가는 논둑길은
좁고 비뚤비뚤하더라.

운동 삼아 오르는 계단 길은
25층도 가깝고 가뿐하더라만

엘리베이터 고장으로 오르는 계단 길은
15층도 너무 멀고 힘들더라.

눈깔사탕 건네주시는 할머니 손은
부드럽고 따뜻하더라만

심부름 거리 건네주시는 엄마 손은
너무나도 차고 딱딱하더라.

비슷한 산이, 비슷한 논둑길이
비슷한 계단 길이, 비슷한 손이

그때그때 다르게 다가오는 것은
도대체 무슨 조화일까?

좋아서 하는 일은
아무런 이유 없이도 그냥 좋고

싫어도 해야만 되는 일은
특별한 꼬투리 없어도 그냥 싫어서이리라.

얻어 타는 맛

내가 초등학교 저학년 때였으니 아마도 60년 가까이 지난 일이리라.

그때 우리 동네에는 버스가 하루 두 번, 그러니까 시골의 종점에서 두 시간이 조금 더 걸리는 부산의 종점까지 아침에 나갔다가 정오가 조금 지나서 돌아오고, 또다시 오후 두 시쯤에 나갔다가 저녁 늦게 돌아오는 것이 전부였다.

우리 동네는 버스 종점인 산막리에서 더 걸어 들어가야 나오는 모전리이다. 집에서 학교까지는 약 1.5km 정도 되었는데, 어른들이 쉬운 말로 5리라고들 했었다. 다 자란 뒤에야 1.5km 정도는 손쉽게 걸을 수 있는 거리였지만, 책 보따리를 둘러멘 조그만 몸매와 짧은 다리로는 너무 먼 거리였다.

특히나 찬바람이 쌩~하고 불어치는 한겨울에는 너무 춥고 멀었다. 하기야 기온 상으로는 어떨지 몰라도 부산의 바람은 그때나 지금이나 엄청 셌다. 옆길로 빠지는 감은 있지만 언젠가 몹씨도 춥던 겨울날, 집사람과 함께 시골에 가기 위해 부산역에서 잡아탄 택시의 기사님 말씀이 생각난다.

택시에 들어서며 내가 한마디 했다.

"많이 춥네요. 서울보다 더 추운 것 같아요."

그랬더니 기사님이 바로 맞받아치셨다.

"그럴 깁니더. 온도야 서울이 더 춥겠지마는 부산의 바람은 미사일이라서 살 속까지 바로 파고들거든요."

그 말을 듣고 집사람과 같이 웃었던 기억이 떠오른다.

아무튼, 한겨울에 콧물로 반질반질해진 소매를 휘저으며 학교로 가는 길은 엄청 춥고 멀었다. 교실에는 작은 화목 난로가 하나 있었는데 필요한 나무는 학생들이 직접 주워 와야 했다. 그러나 고사리손으로 애써 주워 오는 나무는 허무하리만치 빨리 타 버렸다. 그런 날은 선생님께 단체로 기합받으면서 오돌오돌 떨면서 추위를 온몸으로 견뎌야 했었다. 그러나 더 큰 문제는 그런 날이 잦다는 데 있었다.

저학년의 수업은 대부분 오전에 끝났다. 하기야 겨울 방학 전에는 한 해의 수업 진도를 대부분 마치고 단지 수업일수를 채우기 위하여 출석하는 일이 많았기 때문에 오래 붙잡고 있을 이유는 없었다.

학교를 마치면 또다시 찬바람이 쌩~ 하고 부는 추운 길을 1.5km씩이나 그러잖아도 부르튼 볼이 더 부르트도록 걸어서 집으로 돌아갔다. 집으로 돌아가면 닭장을 치우거나 염소에게 풀을 주거나 하는 등 일이 쌓여 있었다. 한마디로 말해서 핑곗거리만 있으면 집에 빨리 가고 싶지 않았다.

어느 날 학교를 마치고 두어 명의 친구들과 학교 앞 버스 정류장에서 한 시간 반이나 있어야 도착하는 버스를 기다리고 있었다. 물론 호주머니에 차비 같은 건 지니고 있지도 않았다. 그냥 집에 가기 싫어서 서성거린 거다.

이윽고 버스가 도착하고 보따리를 손에 든 손님들이 내리고 나니 버스 안에는 두어 명의 손님밖에 남지 않았다. 버스 문이 닫히고 버스가 막 출발하려던 그때, 버스 문만 바라보고 있는 어린 코흘리개들이 애처로워 보였던지 기사님이 안내양에게 한마디 하셨다.

"재들 종점까지 가는 듯한데 가는 길에 태워 주자."

못마땅한 표정을 짓고 있던 안내양이 다시 버스 문을 열어 주면서 얼른 타라고 채근했다. 잽싸게 버스에 올라탄 우리는 기사님께 인사를 하는 둥, 마는 둥 하고서 좌석에 앉아서 창밖을 내다보았다. 이대로라면 부산이 아니라 어디에라도 갈 수 있을 것 같았다.

그날 집에 돌아와서 여러 가지 심부름을 했지만, 전혀 귀찮거나 피곤하지 않았다. 그런데 비록 짧은 거리이지만 한번 버스를 얻어 타고 보니 그 맛을 잊을 수가 없었다.

그다음 날은 겨울 방학 직전이라 수업이 일찍 끝났다. 방학 책과 한 해 동안의 성적이 담긴 생활통지표를 받고 방학 중에 해야 할 일을 지시받고 바로 끝났으니 아마도 오전 열 시 전에 끝났으리라.

집에 일찍 가서 푹 좀 쉬었으면 좋으련만…. 어제의 달콤한 추억이 너무 생각나서 추운 겨울 길을 도저히 걸어서 가고 싶지가 않았다. 그래서 버스가 오려면 두 시간이 좀 더 되는 시간이 남았지만 기다리기로 했다.

버스 정류소에서 손을 호호 불어 가며 기다렸다. 오늘따라 버스가 너무 늦게 오는 건 아닌지 길모퉁이까지 여러 번 뛰어가 보기도 했다. 아마도 그렇게 뛰어다닌 걸 모두 합치면 이미 집에 가고도 남는 거리였으리라….

한참을 더 기다리고 조그만 몸이 거의 얼어 갈 때쯤 드디어 버스가 왔다. 어제처럼 한 무리의 보따리를 손에 든 손님들이 내리고 나자마자 안내양의 승낙은 없었지만, 버스를 막 타려는 순간 버스 문이 쾅~ 하고 닫히고 말았다. 입에 혀를 쑥 내민 안내양이 너무 미웠다.

버스가 출발하자 뒤쫓아가며 마구 두들겨 댔으나 버스는 뽀얀 먼지를 휘날리며 더 빨리 달아나 버렸다. 희뿌연 먼지를 뒤집어쓰고 그 길로 산막리까지 뛰어서 도착하니 버스는 종점에 얌전히 서 있고 기사님도 안내양도 보이지 않았다.

씩씩대며 집으로 돌아온 나는,

"넘어졌나? 웬 먼지를 뒤집어쓰고 오노?"

하고 묻는 할머니는 본 체도 않고 이불을 뒤집어쓰고 씩씩대며 누워 버렸다. 며칠만이라도 더 태워 주지….

한 번으로 끝난 그 맛 너무 아쉬웠다.

고슴도치 사랑

등에 한가득
가시를 짊어진
고슴도치 두 마리가
서로를 사랑하고 싶은데…

가까이
다가가면 갈수록
서로의 몸에 생채기를 내더니
끝내는 마음까지 후벼 파고 마네.

나는 너를 사랑하고 싶은데…
너에게 더 가까이 다가가고 싶은데…
다가가면 갈수록 상처만 준다니…
아, 어쩌란 말인가?

나도 네가 다가오는 게 싫지는 않은데…
함께 있으면 즐거울 때가 더 많지만…
네가 주는 상처가 너무 아픈데…
아, 어쩌란 말인가?

고슴도치 두 마리는 등에 가시를 짊어진 채로
제 방식대로만 사랑하는 것이
상대에게 얼마나 고통을 주는 일인지
그때는 잘 알지 못했다.

스스로 가시에 찔려서
많이 아파 보고 나서야
비로소 상대의 아픔을
짐작이라도 할 수 있었다.

등에 가시를 짊어진
고슴도치가 사랑할 때는
너무 멀지 않게 적당한 거리를 두거나
가시가 없는 가슴으로 해야 하듯이

마음에 가시를 가득 품은 나도
어쭙잖게 누군가를 사랑한답시고
마구 찔러 대지 말고 적당히 물러서서
비록 좁은 가슴이라도 한껏 내밀어 봐야지….

조심조심

새벽에 책을 읽고 있는데 전등이 깜박깜박하더니 훅 나갔다. 오륙 년 전에 갈아 단 LED 등이 제 수명을 다한 모양이다.

아직은 더 쓸 수 있을 것 같은 아쉬움이 없는 것은 아니지만, 무리 없이 새벽녘에 책을 읽으려면 새것으로 바꾸어야만 될 것 같다.

몇 달 전에는 현관을 나서는데 멀쩡히 서 있던 신발장이 훅 무너졌다. 입주한 지 십구 년이나 되었으니 신발장이 무너지는 것도 무리는 아니리라.

'코로나19'로 외부인과의 접촉도 쉽지 않고 적지 않은 돈이 한꺼번에 들어가기도 했지만, 편하고 안전하게 살고 싶어 망설임 한번 없이 새것으로 바꾸었다.

지난달 실시한 정기 건강 검진에서 여기저기 빨간 등이 켜지기 시작했다. 칠십 년 가까이 쉬지 않고 움직였으니 고장이 날 때도 됐지 싶으면서도 우울하다.

고장 난 전등은 바로 바꿀 생각을 하고, 무너진 신발장은 바로 바꾸면서도 고장 난 내 몸은 당장 어떻게 해 볼 방법이 보이지가 않아서 참 난감했다.

고장 나 못 쓰게 된 전등이나 무너져 내려앉은 신발장은 새것으로 바꾸기만 하면 아무런 흔적도 없이 멀쩡해지겠지만, 여기저기 고장이 나기 시작하는 내 몸은 전등이나 신발장과는 비교가 되지 않게 불편하겠지만, 새것으로 바꿀 수도 없으니 그저 조심조심 고쳐 가며 살 수밖에 없겠다.

요술 길

학교에서 집으로 가는 길은
요술 길
멀었다 가까웠다 하더니
이제는 나타났다 사라졌다 한다.

백 점 맞은 시험지를 등에 짊어진 길은
너무 멀었고
눈깔사탕을 입안에 살살 녹이면서 가는 길은
너무 가까웠다.

심부름 거리가 잔뜩 쌓인 길은
너무 가까웠고
친구들과 썰매를 타기로 약속한 길은
너무 멀었다.

할아버지 두루마기에 매달리며 걷는 길은
너무 가까웠고
아버지 꾸중을 들으면서 땅만 보며 걷는 길은
너무 멀었다.

아장아장 걸어서 입학할 때는
그렇게나 멀었던 길이
콧수염이 엷게 자라서 졸업할 때는
말도 되지 않을 만큼 가까웠다.

어쭙잖은 신도시 개발로
온 동네가 고층 아파트 천지가 된 지금은
눈을 감으면 나타났다가도
눈만 뜨면 사라져 버린다.

얼마나 보고 싶으실까?

단풍이 물씬 든 남산의 둘레길로
앞이 보이지 않는 할아버지가
구부정한 몸을 오롯이 할머니의 손에 의지한 체
산책을 나오셨다.

할아버지의 더듬더듬 내딛는 발걸음을
능숙하게 안내하면서도
오랜만에 나오셨는지
할머니는 단풍 구경에 정신이 없으시다.

혼자만 보고 즐기는 것이
미안했던지 멋진 단풍나무 앞에서
마다하는 할아버지를 억지로
이끌어서 사진을 찍는다.

여전히 구부정한 자세로
할머니의 손을 꼭 잡고서
보이지 않는 눈을 더 꼭 감은 할아버지는
연신 할머니의 손을 매만지고 계신다.

'찰칵' 하는
카메라의 소리가 터지자
그때야 할아버지가
계면쩍게 웃으며 자세를 곧추세운다.

할머니는
방금 찍은 사진을 확인해 본다.
그 곁에 바짝 붙어 선 할아버지도
사진 쪽으로 눈을 돌린다.

얼마나 보고 싶으실까?
하나님께서
그 사진 한 번만이라도
보여 주셨으면 좋겠다.

힘든 세상인 줄로만 알고 어찌어찌 버티며 살다 보니

오늘같이 좋은 날도 또 있더라.

세상은 그냥 한번 살아 봐도 좋을 성싶더라.

제4부

한번 살아봐도

겨울비를 보며

추적추적
겨울비가 내린다.
그다지 귀찮게 느껴지진 않지만
그나마 남아 있던 잔설이 사라질까 아쉽다.

이 겨울에도
몇 번이나 눈은 더 올 테고
잔설이야 또다시 생기게 되겠지만
아마도 그런 것과는 또 다른 문제이지 싶다.

기왕이면
스스로 녹아 없어져야지
야멸치기만 한 겨울비에 쓸려서
없어져서는 안 되지 싶다는 생각 때문이다.

거기에는
한세상 잘 살아왔으니
내 뜻대로 물러나고 싶다는
내 못난 생각도 한몫 단단히 했으리라.

이 세상 올 땐
내 맘대로 오지 못했으니
갈 때라도 골라서 갔으면 좋겠는데
그게 그렇게 호락호락하지는 않을 성싶다.

바위틈이나
나뭇가지 아래로
애써 숨어든 잔설까지
찾아가며 녹여 내는 겨울비가 얄밉다.

그러다 보니
본시 재주가 모자라서
제대로 숨겨 놓지도 못한
내 삶 자락이 사라지는 건 일도 아니리라.

추적추적
내리는 겨울비를 보며
사라져가는 잔설을 걱정하는 건
하릴없이 나이만 쌓아 가는 못난 내 탓이리라.

말빚 정산

또다시 한 해를 보낸다. 아니 저 스스로 간다. 아직은 보낼 준비가 덜 되었는데도….

한 해를 보낼 준비라도 해 보고자 이리저리 뒤적거리다 보니, 우선 말빚부터 셈하여 봐야지 싶었다.

생각 없이 던진 내 지적질, 한 마디로 속상하거나 힘든 사람들이 얼마나 될지 생각하니 얼굴이 뜨뜻하다.

실없이 던진 내 허풍 한 마디로 작은 좌절을 경험한 사람들이 얼마나 될지 생각하니 가슴이 먹먹하다.

잘 알지도 못하고 많이 해 본 적도 없으면서 어리석은 말빚을 쌓기만 하면서 살아온 것은 아닌지 돌아보게 된다.

실제보다 더 크고 실제보다 더 아름답게 꾸며서 그것이 마치 사실인 양 떠들어 댄 작은 입이 더욱 크고 밉게만 보인다.

크고 미운 입이 바로 움직일 수 있게 뭐라도 물고 있어야 하는 건 아닌지 걱정스럽고 부담스럽기만 하다.

지나가는 한 해의 끝자락에 서서 어지러이 늘려 있는 말빚부터 정산해 보자고 내 마음을 다독거려 본다.

언제쯤이면

필터 달린
궐련 한 보루 사 가면
뭣 하러 비싼 걸 사 왔냐며
괜한 말씀 하시던 할아버지께나

달달한
사탕 한 봉지 사 가면
무거운데 뭣 하러 사 왔냐며
마음에도 없는 말씀 하시던 할머니께는

괜한 말씀은
쓸데없이 왜들 하시는지
도무지 이해가 되지 않는다며
손사래를 치던, 철없던 그 손자가

이제는
직장에서 퇴근하는
딸내미 손에 들린 것이 궁금해서
자꾸만 작은 그 손 쪽으로 눈을 돌리고 있네.

딸내미가
빈손으로 들어오면
섭섭한 기분이 마음 한구석 차올라
얼른 고개를 다른 쪽으로 돌리고 말고

군것질거리라도
손에 들고 들어오면
연신 입으로는 씹으면서도
이런 건 뭣 하러 사 왔냐며 퉁을 놓고 있네.

사 오라는 건지
사 오지 말라는 건지
손사래를 치던 그 옛날 그 손자가
제 딸내미한테는 그대로 되풀이하고 있네.

이다지도
작은 기분 하나도
이 나이가 되어서야 겨우 알 듯하니
언제쯤이면 대충이라도 안다고 할 수 있을까?

밥잠만 설친다

수년 전
수십 년 동안 봐 오던
종이신문을 완전히 끊었다.
인터넷 신문이면 충분할 것 같아서…

수십 년 동안
잘 써 오던 카메라를
장롱 속에 깊이 처박아 뒀다.
스마트폰 하나면 충분할 것 같아서…

아직도
잘 가고 잘 맞는데도
손목시계를 서랍 속에 처박았다.
스마트워치의 기능이 더 많고 편리해서…

수십 년 동안
고이 모시고만 있던
큰 상을 친척들에게 나눠 줬다.
양반다리로 식사할 일은 없을 것 같아서…

혹시나 하고
세탁까지 잘 해 둔
양복 십여 벌을 헌 옷 수거함에 버렸다.
앞으로는 입을 일이 많지 않을 것 같아서…

어렵게 부탁하여
얻어 온 여벌의 골프채를
내 손으로 잘라서 내다 버렸다.
장비를 바꾼다고 나아질 것 같지 않아서…

그러고 보니
그동안 고맙게 잘 써 왔던
대부분 물건이 내 손을 떠났다.
새로운 물건이 나왔거나 소용이 없어져서…

수십 년 동안
투덜거리기만 했지
스스로 바뀔 노력조차 않는
나를 뒤돌아보느라 애꿎은 밤잠만 설친다.

길이 막혀 갑갑하면

나는 새벽 다섯 시 무렵이면 일어나서 하루를 시작한다. 특별한 일이 없으면 대개 그렇게 시작한다.

하나님께 감사함을 간단하게 아뢰고 인터넷 뉴스를 뒤지거나 책을 보면서 아무도 방해하지 않는 새벽을 맘껏 즐긴다.

그러나 집수리를 위한 유랑 생활이 시작된 후부터 새벽을 혼자 지낼 공간이 사라졌다. 이게 내겐 그 어떤 것보다 불편한 점이다.

좁은 호텔 방이나 여러 사람과 함께 사용하면서 나만의 새벽을 가지는 것이 참 어렵다. 다른 이에게 불편을 끼치지 않을 수 없어서다.

그런데도 수십 년을 살아온 습관을 고치기가 어찌나 어렵던지…, 새벽이면 저절로 눈이 떠지니 참 난감하다.

그래서 찾아낸 묘안이 핸드폰으로 라디오 방송 듣기다. 이어폰만 끼면 다른 이를 방해하지 않고도 얼마든지 새벽을 즐길 수 있어서 더없이 좋다.

또한, 그동안 사는 게 너무 바빠서(?) 한동안 잊고 살았던 클래식 음악을 접해 보니 의외로 마음이 조용히 가라앉는 느낌이 들었다.

길이 막혀 갑갑하면 새길을 찾아내면 될 일이다. 세월은 내게 나이만 던져 준 게 아니라 막히면 돌아가는 방법도 알려 주었던 모양이다.

딱 그 정도

할 수만 있다면
멀리멀리 가 보고 싶다.
그러나 스스로 돌아올 수 있는
딱 그 정도의 거리만…

할 수만 있다면
빨리빨리 가 보고 싶다.
그러나 스스로 멈출 수 있는
딱 그 정도의 속도로만…

할 수만 있다면
높이높이 올라가 보고 싶다.
그러나 스스로 내려올 수 있는
딱 그 정도의 높이만…

할 수만 있다면
많이 가져 보고 싶다.
그러나 두 팔로 안고 갈 수 있는
딱 그 정도의 양만…

할 수만 있다면
깊은 관계를 맺어 보고 싶다.
그러나 스스로 빠져나올 수 있는
딱 그 정도의 깊이로만…

할 수만 있다면
튼튼하게 울타리를 치고 싶다.
그러나 스스로 걷어 낼 수 있는
딱 그 정도의 튼튼함으로…

어쩌다 멀고 빠르고 높이 갈 수도 있고
많이 가지고 튼튼한 울타리를 칠 수도 있고
깊은 관계를 맺어 볼 수가 있을지는 몰라도
딱 그 정도로 멈추기는 쉽지는 않을 듯한데…

내 모든 것을 아시는 그분이
할 수 있을 것만 같은 객기보다는
딱 그 정도에서 멈출 수 있는 지혜를
먼저 허락해 주셨으면 참 좋겠다.

내가 도둑인지도

운동을 마치고 시원하게 샤워를 한 후 내 몸을 거울에 비춰 보다가 이내 고개를 떨구며 돌아서고 만다.

아직은 아니다. 아직은 원하는 몸매가 아니다. 붙을 때는 저절로 쉽게 붙었는데 떼어 내기는 정말 정말 어려운 모양이다.

내 몸에 붙은 살 말이다. 십수 년간 새벽 운동을 하다가 코로나 19로 인한 집합금지로 중단되었고, 거기에다 수술 때문에 쉬는 기간이 더 늘었다.

수술 후 육 개월이 지나고 경과가 좋다는 주치의의 진단을 받고 다음날부터 바로 새벽 운동을 다시 시작했다. 그게 바로 일주일 전의 일이다.

모처럼 만에 함께 운동하던, 성도 이름도 모르지만 얼굴은 익숙한 사람들과 만나 대화도 하며 즐겁게 운동했다.

일주일 동안 하루도 빼먹지 않고 꼬박 새벽부터 두 시간씩 땀을 흘렸으니 그 결과를 확인해 보는 건 당연하다 싶었다.

그런데 생각했던 것에는 영 미치지 못했다. 흘린 땀만 모아도 그보다는 많지 싶은데…, 여전히 살은 달아나지 않고 내 몸에 붙어 있었다.

하기야 내가 도둑인지도 모르겠다. 십수 년 동안이나 걸려서 만든 그 몸매를 겨우 일주일 만에 내놓으라니 그게 말이 되나?

보슬비

새벽 운동을 마치고 헬스장 문을 나서는데 보슬비가 보슬보슬 내린다. 잠시 멈칫하다가 살금살금 길을 나선다.

사실 나는 이런 때가 참 좋다. 적당한 운동으로 몸은 데워져 있고 집으로 가는 발걸음은 가볍기만 한데 보슬비까지 내려 주니 어찌 아니 좋겠는가?

잘 데워진 피부에 찬 보슬비가 닿는 느낌이 참 좋다. 부드럽고 가녀린 녀석이 친구 하자며 살며시 달라붙는 느낌이 너무너무 좋다.

실력 좋은 바리스타가 내린 맛있는 에스프레소로 코팅된 카페라떼의 작은 우유 방울들이 혀에서 톡톡 터지는 그 느낌을 피부를 통하여 느끼게 해줘서….

좋아하는 물건을 손에 쥐고 집으로 돌아오던 길에 내게 건네준 일점이의 부드러운 나머지 한 손을 잡고 재잘거리며 함께 걷던 그 때 그 느낌이 살아나서….

또한, 그 정도의 비는 당연하다시피 맞으며 살아가던 가난했던 내 어린 시절이 그때의 추억과 함께 피부로 다가와서….

거리에는 우산을 받쳐 든 사람도 있고 나처럼 그냥 맞으며 걷는 사람도 있네…. 그들도 나처럼 추억을 씹으며 걷는 걸까? 언젠간 열어 보게 될 추억을 쌓으며 걷는 걸까?

이제부턴 큰비는 그만 오고 스쳐 가듯 보슬비나 자주자주 왔으면…, 어떤 이에겐 추억거리를 만들어 주고, 또 어떤 이에겐 지난 추억을 곱씹을 수 있게….

한번 살아 봐도

힘든 세상이라고
말들 많이 하지만
어찌어찌 살다 보면
그냥저냥 살아지는 날도 있나 보더라.

기분 좋게 눈이 뜨인 새벽
물 한 잔을 마시며 문틈으로 내다보니
멀리 뵈던 수락산이 성큼 다가와 말을 건다.
"세상 잡티 다 걷어차고 저 혼자서 왔노라."라고….

신바람을 업고 달려간
헬스장엔 어서 오라 인사하며
새벽같이 부지런함을 떠는 사람들이
여기저기서 기분 좋은 땀을 흘리고 있다.

운동을 마치고
집으로 돌아오는 하늘엔
그야말로 구름이 한 점도 없다.
눈을 닦고 찾아봐도 찾을 수가 없다.

한낮에도 더위는
흔적도 없이 사라지고
구름 없는 하늘엔 해님 혼자서
햇무리를 길게 늘어뜨리며 졸고 있다.

알맞게 시원한 저녁
예쁜 결혼식에 참석하여
선남선녀의 결혼을 축하하고
오래고 반가운 얼굴들을 양껏 만났다.

집으로 돌아오는 길
지하철마다 빈자리가 남아 있고
밤길엔 서울 불빛을 뚫고 나온 별들이
조심해 가시라며 반짝반짝 길 안내를 한다.

힘든 세상인 줄로만 알고
어찌어찌 버티며 살다 보니
오늘같이 좋은 날도 또 있더라.
세상은 그냥 한번 살아 봐도 좋을 성싶더라.

서생, 길을 찾다

어느 산 아래
호젓한 동네의 귀퉁이에
말 때문에 늘 문제가 되었던
서생書生 하나가 살고 있었다.

말이 너무 많다고
사리에 맞지 않는 말을 한다고
분위기에 맞지 않는 말을 한다고
아내로부터 가볍게 타박을 받는 날도 있었다.

타박을 받고 나면
그런 자신이 너무 한심해서
밤잠을 설친 적이 한두 번이 아니었다.
어디가 잘못됐는지 모르는 자신이 더 미웠다.

머리를 싸매고 있던 서생
문득 자신의 지난날을 되돌아봤다.
결코, 풍족하다고 할 수는 없었지만
그다지 크게 모자라는 줄은 모르고 살았었다.

늘 소소하게 챙겨주고
꼭 필요할 때 꼭 필요한 말만 해도
어떻게 해서라도 채워 주는 가족들이 있어
굳이 말을 많이 하지 않고도 잘 살 수 있었다.

그가 말이 많아진 것은
가진 것과 보고 배운 바 적으면서도
남들보다 앞서고픈 욕심 때문이었으리라.
왜 빈 수레가 더 요란하다고들 하지 않던가?

그러던 그가 변했다.
자신이 본시 말 많은 사람이 아니었고
또 이젠 굳이 말을 많이 할 필요도 없다는
사실을 이제야 비로소 알아차렸던 게다.

한동안 그렇게 살아 보니
너무 편하고 좋은데, 진짜 사는 것 같은데…
같이 사는 가족들은 그의 변화를 이해할까?
부디 이게 본 모습이라고 받아들여 줬으면….

저만 그런가요?

그런 적 없나요?
뭔가를 해야 한다고
마음속으론 조바심을 내면서도
정작 몸으론 꼼짝하기도 싫을 때가…,

그런 적 없나요?
책을 읽고 있으면서도
방금 나왔던 사람의 이름이
생각나지 않아서 책장을 뒤적인 때가…,

그런 적 없나요?
상대는 나를 잘 안다는데
나는 상대의 이름조차 생각나지 않아서
우물우물 얼버무리며 어색해한 때가…,

그런 적 없나요?
걸어야 한다고 말은 하면서도
정작 발에 양말을 신는 것조차
귀찮다고 느껴질 때가…,

그런 적 없나요?
배는 무지 고픈데
정작 먹고 싶은 것은 없어서
괜스레 냉장고 문만 여닫을 때가…,

그런 적 없나요?
졸려서 눈꺼풀은 내려오는데
침대에까지 가기가 귀찮아서
소파에서 머리만 흔들고 있을 때가…,

그런 적 없나요?
머릿속은 뭔가로 꽉 차 있는데
정작 끄집어내려고 연필만 들면
머릿속이 다시 하얘질 때가…,

그런 적 없나요?
세상은 저만치 가고 있는데
멈칫거리는 내가 한심하다고 느껴질 때가…,
저만 그런가요?

양치기 소년

우리가 잘 아는 이솝 우화 중에는 '양치기 소년'이라는 이야기가 있다. 익히 잘 알고 있듯이 내용은 대략 다음과 같다.

어느 마을에 양치기 소년이 있었다. 양들이 풀을 뜯어 먹고 있는 동안 너무 지루하고 심심했던 소년은 어느 날 늑대가 나타났다고 거짓말을 했다.

마을의 모든 사람이 늑대를 쫓아내기 위해 몰려왔으나 늑대는 보이지 않았다. 소년은 늑대가 사람들이 오는 것을 보고 멀리 달아났다고 거짓말을 했다.

자신의 거짓말에 마을 사람들이 허둥지둥 달려 나오는 모습에 재미를 붙인 소년은 그 후로도 자주 늑대가 나타났다고 거짓말을 했고 그때마다 마을 사람은 헛걸음했다.

여러 번 헛걸음을 한 마을 사람들은 더는 소년의 말에 속지 않으리라 다짐했다.

그러던 어느 날 정말로 늑대가 나타나서 양들을 차례로 물어 갔고, 소년은 늑대가 나타났다고 크게 소리쳤으나 마을 사람 누구도 나타나지 않았다.

소년은 그제야 자신의 거짓말을 깊이 후회하였으나 이미 엎질러진 물과 같았다.

어제 내가 그런 일을 당했다.

나는 우리 가족들과의 친밀도도 높일 겸 해서, 자려고 침대에 눕고 나서도 방의 불을 스스로 끄지 않고 누군가 와서 끄라며 우리 가족의 단톡방에 메시지를 자주 올리곤 했다.

그때마다 집사람이나 일점이는 직접 끄면 간단히 해결될 일을 꼭 바쁜 사람에게 부탁한다며 눈을 흘기면서도 큰 불평 없이 꺼 주곤 했다.

그러다 어제 드디어 문제가 생기고 말았다. 일점이가 만든 크루아상을 밤늦게(?) 먹어서 그런지 배가 갑자기 아팠다. 아마도 꽉 체한 모양이다.

온몸이 싸늘해지면서 앉아 있을 수도 없이 아팠다. 거실 소파에 쓰러지면서 욕실에서 세면 중인 집사람에게 소화제를 좀 갖다 달라고 부탁했으나 세면을 끝내고 가져다주겠단다.

"직접 가져다 드시면 쉽게 해결될 일을 꼭 바쁜 사람에게 시키시는 이유를 모르겠네요?"

부엌에서 설거지하고 있던 일점이도 한마디 거든다. 그래! 여태까지 그렇게 장난을 한 적이 자주 있었으니 그렇게 생각할 수도 있겠지만 지금의 이 상황은 그런 게 아닌데…. 어떻게 설명해야 제대로 알릴 수가 있다는 말인가?

부엌에서 설거지하던 일점이는 이런 내 상황을 볼 수조차 없으니 어쩔 수가 없고, 세면 중인 집사람이 마치고 나오기를 기다리는 수밖에는 달리 방법이 없겠다. 오늘따라 세면을 하는 시간이 유난히 긴 듯하여 약간의 짜증도 치밀었으나 어쩌겠는가?

실제로는 잠깐에 불과했겠지만 내가 느끼기에는 엄청 오랜 시간이 지나고서야 다가온 집사람이 깜짝 놀라서 소화제를 먹이고, 따뜻한 물을 먹이는 등 한바탕 난리가 났다.

그제야 설거지를 마친 일점이도 합세해서 사혈을 하고, 등을 두드리고, 손의 맥을 푸는 등 응급조치하고 나서야 겨우 안정을 취할 수가 있었다.

그제야 깨닫게 되었다. 아무리 그 취지가 선하더라도 지나친 장난은 하지 말아야 한다는 것을….

그렇다! 어제의 내가 바로 그 양치기 소년이었다. 실없이 장난하다가 크게 한번 당했다.

더 높고 더 멀었다

수술 후 처음으로, 코로나19 확진 후 처음으로, 아니 올해 들어 처음으로 북한산 문필봉에 올랐다.

작년에는 한 달에 대여섯 번, 모두 쉰 번 가까이나 올랐지만 한 번도 중간에 쉬어 본 적도 힘들다고 느껴 본 적도 없었는데….

눈으로 보는 문필봉은 변함없이 그대로인 듯한데, 몸으로 부대껴 본 문필봉은 작년보다 훨씬 더 높고 더 멀었다.

중턱에 닿지도 못했는데 가쁘게 드나들던 숨은 턱에 차고, 제멋대로 움직이던 다리는 천근이어서 하는 수 없이 바위 턱에 걸터앉아 쉬었다.

"수술 후유증 때문일 거야."
"코로나19 후유증 때문일 거야."
"아니 겨우내 쉬었기 때문일 거야."

둘러댈 핑곗거리는 셀 수도 없이 많다.

그러나 그 어떤 것도 내놓고 말할 처지가 못 된다. 다른 사람 탓이 아니기 때문이다. 그게 다 게으른 내 탓이기 때문이다.

풀어진 다릿심을 다잡으려면, 가빠진 호흡을 고르게 하려면, 흐트러진 자세를 바로잡으려면, 적잖은 시간과 노력이 필요하겠지만….

자꾸 오르는 일 말고는 무슨 요술 같은 방편이 있겠는가? 오르고 또 오르다 보면 높고 멀었던 녀석이 가까이 다가올는지도….

고마움도 빚인데

내 마음속에 고마움이 느껴질 때마다 언제 갚을 수 있을지도 모를 빚을 또 지고 말았다는 생각이 든다.

너무나 고마워서 물질로 되갚은 적이 전혀 없었던 것은 아니지만 받은 것에 비하면 늘 턱없이 모자랐었다.

대부분의 고마움은 말치레로 때운 적이 참 많았다. 받은 것을 생각하면 그럴 수는 없겠으나 급한 김에 그래 놓고는 그만 잊어버렸다.

길지도 않은 세상 살아오면서 참으로 많은 고마움을 쌓으며 살았다. 어쭙잖게나마 갚은 적도 있기야 하겠지만 대부분 갚지 못하고 그냥 쌓아 놓기만 했다.

더구나 그때는 내게 절실했던 크고 넓고 깊은 고마움에 대해서는 그다지 부담스럽지 않게 받아들이면서도 말로도 물질로도 갚은 적이 많지는 않다.

단지 가까이 지낸다는 이유 하나로, 단지 내 사정 잘 알 것이라는 핑계 하나로 그래도 되겠거니 혼자 지레짐작하고서 넙죽넙죽 받으면서도 부담조차 없이 살았다.

인제 와서 생각해 보니 이런 모든 고마움도 실상은 다 빚인데…, 이런저런 구실로 차곡차곡 쌓기만 하다가 이젠 어찌해 볼 수도 없는 오래 묵은 빚인데….

여태 모른 척하고 살아온 빚을 어찌 한꺼번에 다 정리할 수야 있으랴만, 쉬운 것부터 차근차근 갚아 나가 봐야겠다.

받는 것보다 더 많이 갚다 보면 혹시라도….

한꺼번에

오는 봄을 지그시 기다리지 못하고, 여기저기로 흩뿌려 대는 봄비 사이로 인적 하나 없는 고궁을 물끄러미 바라보며, 머뭇거리는 봄을 담으려 가슴을 내밀어 본다.

지난달 가족들의 애를 태우며, 남들은 비교적 간단하다고 하더라만 내게는 결코 간단하다고만 할 수는 없었던 수술 하고 회복을 위해 집에 칩거했었다.

그러고도 수술 후 뒤처리를 위해 병원에 한 번 들르기는 했었지만…, 어디서 문제가 생겼는지는 몰라도 그만 '코로나19'에도 덜컥 걸리고 말았다.

집사람이 먼저 기침을 하는 등 '코로나19'의 증세를 보이는가 싶더니 정밀검사 결과 확진 판정을 받았고, 재검사 뒤에 나도 확진 판정을 받고 말았다.

평생을 그저 평범하게 살아왔는데…, 어디서부터 잘못됐는지 알 수는 없겠으나 어찌 이리도 한꺼번에 닥쳐올 수가 있는지…, 그나마 부부가 같이 걸렸으니 감사해야 하나?

격리 기간이 끝나자마자 선생님으로부터 수술 결과를 듣기 위해 오늘 병원에 혼자서 지하철을 타고 왔다. 수술 후 혼자서 지하철을 타기는 처음이다.

서로 꼬리를 물며 나를 괴롭혔지만 좋은 동반자와 좋은 제도가 가까이에 있고, 내 일처럼 걱정해 주는 주변 사람들이 있어서 그나마 힘들지 않게 다시 일어설 수가 있었다.

한꺼번에 다가온 걱정스러운 현실에 한없이 겁도 나고 원망스럽기도 했지만 또 이처럼 한꺼번에 모두 내치고 나니 가뿐하긴 하지만 고마움도 차곡차곡 쌓이네….

느끼고 싶어서

살아 있음을
아직은 살아 있음을 느끼고 싶어서
텔레비전 뉴스에 눈과 귀를 갖다 대 본다.
똑같은 말만 되풀이하는 데도 또 듣고 또 본다.

몸이 회복되고 있음을
이제는 몸이 회복되고 있음을 느끼고 싶어서
조금 무겁다 싶은 물건도 한번 들어 본다.
집사람이 손사래를 치는 데도 그냥 들어 본다.

머리가 잘 굴러가는지
아직은 머리가 잘 굴러가는지 느끼고 싶어서
이런저런 글들을 끄적거려 본다.
주변 사람들이 눈치를 주는 데도 끄적거려 본다.

시간이 지나가는지
지금도 시간이 지나가고 있는지 느끼고 싶어서
달력을 보는 대신 콧수염을 길러 본다.
일점이의 만류를 뿌리치고 콧수염을 길러 본다.

소통이 잘 되는지
여전히 소통이 잘 되는지 느끼고 싶어서
단톡방에 어쭙잖은 글을 자꾸 올려 본다.
답글이나 반응이 없더라도 자꾸 올려 본다.

잘 지내고 있음을
아직은 잘 지내 있음을 알리고 싶어서
온라인망 여기저기를 돌아가며 서핑해 본다.
연락할 일이 없는 데도 여기저기 서핑해 본다.

살아 있고 몸이 회복되고 있는지
머리가 잘 굴러가고 시간이 지나가는지
소통이 잘 되고 있는지 느끼고 싶어서….
또한, 잘 지내고 있음을 알리고 싶어서….

뉴스를 보거나 무거운 물건을 들어도 보고
글을 써 보거나 콧수염을 길러 보기도 하고
어쭙잖은 글도 올리고 온라인 서핑도 해 본다.
단지 느끼고 싶어서, 그저 알리고 싶어서….

끝내 모른 채

두 발로 직접 걸어 보지 않고서야 어찌 멀고 가까움을 안다 할 수 있으며, 두 발로 직접 올라가 보지 않고서야 어찌 산의 높고 낮음을 안다 할 수 있으랴?

내 것을 잃어 보지 않고서야 어찌 가짐의 소중함을 안다 할 수 있으며, 내 것을 나눠 보지 않고서야 어찌 나눔의 소중함을 안다 할 수 있으랴?

추위를 겪어 보지 않고서야 어찌 참 따뜻함을 안다 할 수 있으며, 더위를 겪어 보지 않고서야 어찌 참 시원함을 안다 할 수 있으랴?

밤을 꼬박 세워 보지 않고서야 어찌 새벽의 참맛을 안다 할 수 있으며, 하루를 힘들게 살아 보지 않고서야 어찌 어둠이 주는 평안을 안다 할 수 있으랴?

내 손으로 직접 해 보지 않고서야 어찌 봉사의 소중함을 안다 할 수 있으며, 내가 직접 당해 보지 않고서야 어찌 타인의 어려움을 안다 할 수 있으랴?

바르게 보고 들을 수 있는 것보다 바르게 느끼고 경험할 수 있는 것보다, 비뚤어지고 감추어진 것들이 훨씬 더 많은 세상을 제대로 살아내려면,

눈, 귀, 코, 입 모두 가린 채 직접 걸어도 보고 올라가 보기도 하고, 직접 나눠 보기도 하고 잃어 보기도 하고 직접 경험해 보기도 하며 살아내야 할 텐데….

두 발은 약한 데도 욕심은 커져만 가고 마음은 게으른 데도 조바심은 커져만 가니, 언제쯤이면 조금은 안다고 말할 수 있을까? 하기야 끝내 모른 채 살아가게 될는지도 모르지….

말하고 쓰는 것

한마디 말로도
하고 싶은 말 다 할 수 있고
굳이 긴말 늘어놓지 않고도
저만큼 깊은 속을 다 내보일 수 있다면

잘 듣지도 않을 말을
이리저리 주섬주섬 이어 붙이다
종내에는 자신도 알지 못하는 말을
횡설수설 늘어놓기만 하는 사람이 있을까요?

한 단어만으로도
하고 싶은 말 다 적을 수 있고
굳이 길게 늘여 쓰지 않아도
가슴 속 깊이 잠긴 속내 다 적을 수 있다면

잘 보지도 않을 글을
이리저리 돌려 가며 휘적대다가
종내에는 자신도 알아듣지 못할 글을
중언부언 끄적거릴 사람 어디 또 있을까요?

그 한마디가 잘 떠오르지 않고
그 한 단어가 잘 생각나지 않아서
이렇게 횡설수설 중언부언하다 보니
실없는 말과 글은 또다시 길어져만 가는데

긴말과 긴 글로도
하고 싶은 말 다 전할 수가 없으니
이제는 그 이유라도 찾아보고 싶은데…
마땅히 떠오르는 이유조차 보이지 않네.

그동안 부담 없이 마구 써 온
말과 글이 짓눌러 오는 무게를
애써 외면하며 살아온 건 아닌지…
아니 그렇게 살아 보려고 버둥댄 건 아닌지…

이제는 좀 더 가볍게 살고 싶은데…
적은 말이나 짧은 글로도
하고 싶은 말 다 할 수 있을 때까지
계속 말하고 쓰는 것도 도움이 될 수 있을까?

내게도

외출했다 돌아오는 길 현관 앞에 우뚝 선 감나무에서 이름 모를 새 한 마리 풀썩 내려와 앞길을 막더니 도통 비켜 줄 생각을 않는다.

머리 깃털은 물론 가슴 털까지 한껏 부풀려 세우고 있는 허세, 없는 허세를 다 부리고서 이리저리 옮겨 앉으며 내 발걸음을 잡는다.

녀석은 무슨 일로 나의 앞길을 막고 나서는 걸까? 녀석이 찾는 무언가가 내 몸에 뭔가가 달라붙어 있기라도 한 걸까?

이리저리 살펴보고 주머니란 주머니는 다 뒤집어 보아도 꽁꽁 싸맨 외투 주머니에는 그 흔한 사탕 한 알, 콩알 한쪽도 없는데….

그것도 아니라면 녀석은 왜 내 앞을 막고 나서는 걸까? 작아져만 가는 내가 만만하게 보여서일까? 얼굴에는 슬며시 부아가 치밀어 올라오지만….

그렇다고 녀석이 내게 무슨 크나큰 잘못을 저지른 것도 아닌데 그다지 신통치도 않은 완력을 녀석에게 마구 쓸 수야 없는 일 아니겠는가?

그러다가 언뜻 머리를 스치는 기분 좋은 생각에 슬며시 웃음이 스며든다. 녀석은 자기와 친구가 될 만한 자질이 내게도 있음을 틀림없이 알아냈을 것이다.

녀석의 행동에 다른 뜻이 없을지라도…, 나만 혼자 너무 나가는 것이라 할지라도…, 손해 볼 것이라고는 전혀 없는 장사에 한결 머릿속이 맑아지고 발걸음이 가뿐해진다.

서러워하지 마라

친구야!
꽃이 진다고 서러워하지 마라.
꽃이 곱게 지고 나야 그 자리에
예쁘고 튼실한 열매가 열리리니

부디 큰 생채기 내지 아니하고
순순히 잘 떨어져서
예쁘고 튼실한 열매가 열릴 수 있는
기반이나 잘 닦아 주기를 기다려 보자꾸나.

친구야!
세월이 간다고 너무 서러워하지 마라.
이 세월이 가야 또 저 세월이 오고
새로운 세상도 함께 따라오리니

이 세상의 춥고 어두운 기억은
우리가 다 짊어지고 가서
우리 아이들이 살아갈 세상에는
밝고 행복한 세상만 펼쳐지기를 바라보세나.

꽃이 아무리 예뻐도
열흘 넘기기가 쉽지 않고
한 세월 아무리 길어도
백년을 넘기기가 쉽지 않다는데

무엇이 그리도
서럽고 안타까우랴?
내 손에 쥔 것도 놓고 가야 할 판에
스스로 피고 지고, 오고 가는 것을 어찌 막으랴?

꽃이 순순히 떨어져야
예쁘고 튼실한 열매가 열리듯이
춥고 어두운 기억은 우리가 다 가져가야
다음 세상은 밝고 행복해질 것이려니…

못다 푼 한일랑 지금 쏟아 내지 말고
우리 모두의 가슴 가슴에
조금씩 나누어 품고서
어지럽고 답답한 이 세상 힘차게 헤쳐 나가세나.

밟지는 말자꾸나

친구야!
꽃잎 떨어진다고 아쉬워하지 마라.
자네가 곁눈질하지 않았어도
지나는 길손들이 그냥 뒀을 리 없고

혹시나 보지 못하고
지나치는 길손이 있었다 하더라도
날카로운 눈매로 길목 지키는
바람마저 피해 갈 수는 쉽지 않았을 거야.

너무나도 운이 좋아서
자네도, 길손도, 바람마저도
요리조리 피해 갈 수 있었다 치더라도
절대 빠져나갈 수 없는 세월 앞에서야…

다만
떨어져 뒹구는 그 모습이
아무리 추하다 할지라도
우리 발로 밟지는 말자꾸나.

가지에 단단히 붙어
기세등등하게 피어 있을 때도
그리 아름답지 못했거든
떨어져 뒹구는 그 모습이야 오죽하겠는가?

겨우 열흘도 못 버티는,
남들은 다 아는 썩은 동아줄에
제 온몸 다 맡겨 놓고 우쭐대던
불쌍한 것들 아니던가?

아서라 친구들아!
그렇다고 발로 밟지는 말자꾸나.
한 번 밟으면 떨어지는 꽃잎마다
밟는 일이 되풀이되지 않겠는가?

부디 열매가 잘 맺을 수 있게
얌전하게 떨어지는 방법이라도
좀 알았으면 좋겠지만…
그런 지혜가 있기라도 할는지…

이유 없이
어지러운 이 세상에
속절없이 떨어지는 것이
어디 꽃잎 하나뿐이랴?

떨어지거나 놓고 싶지 않은 것이
어디 한둘이겠느냐마는
부디 사람들 발에 밟히지 않게
얌전하게 잘 떨어졌으면 좋겠는데…

안개가

세상을 덮었다.

온 세상이 보일 듯 말 듯하다.

여태까지는

보고 싶은 것이 더 많은 줄 알았는데

어느 순간부턴가

보고 싶지 않은 것도 적지 않음을 알아버렸다.

그래서 보일 듯 말 듯한 이 시간이 나는 참 좋다.

미안타

미안타*
네게 줄 것이
아무것도 없어서
참말로 미안타.

산에 올라올 때는
그냥 간단한 간식만
챙겨 오면 되는 줄 알았다.
그래서 오늘도 그냥 그렇게 올라왔다.

물 한 병, 초콜릿 과자 두 개
그거면 충분할 줄 알고
생각 없이 배낭을 둘러메고
쫄래쫄래 그냥 올라왔다.

심하게 더운 오늘
땀을 잔뜩 흘리면서 올라와서
물 한 모금 마시고 초콜릿 과자 하나를
막 입에 넣는데 네가 다가온 거다.

네 큼지막한 덩치로 보자니
한두 번의 장삿속은 아닌 듯한데…
너는 자꾸만 내 주위를 감도는데…
네게 줄 것이 없어서 참으로 미안타.

문필봉 정상에 오른 사람들이
자그마한 정성이라도 나누고 싶어서
과자 부스러기라도 건네줬던가 본데…
내겐 그것도 없으니 참으로 미안타.

나이가 들수록
나누며 살아야 한다는데…
네 눈에 보인 내 심보가 어땠을지…
걱정만 해 봐야 무슨 소용이겠느냐만…

다음부터는 콩알 몇 쪽이라도
배낭 속에 넣고 다녀야 하겠다.
애써 찾아온 네 손 부끄럽지 않게
조금이라도 얹어 줘야지…

*미안타 : '미안하다'의 방언(경남)

나이가 들다 보니

어느 노 교수님이 자신의 어느 책에서 말씀하시길, "나이가 들다 보니 좋은 것은 하나도 없더라."라고 하셨다.

등은 굽어지고 행동은 굼뜨고 눈은 침침하고 귀는 먹고 말은 어눌하고 기억은 가물가물하며 입맛도 기력도 떨어져서 살아 내기 힘드시단다.

그러나 나는 꼭 그렇게만 생각하지는 않는다. 나도 남들처럼 모든 것이 약해지는 것을 피할 수는 없겠지만….

등이 굽으면 고개가 절로 숙여져서 멀리, 높이보다는 아래를 더 잘 볼 수 있을 것 같고 행동이 굼뜨면 다 잡지는 못하겠지만 꼭 필요치 않은 물건은 흘려보낼 수도 있을 것 같고,

눈이 침침하면 자세히 볼 수는 없겠지만 자잘하고 헛된 것은 건너뛸 수 있을 것 같고 귀가 먹으면 불편함이야 있겠지만 괜한 소문이나 허튼소리는 안 들어도 될 것 같다.

말이 어눌하면 나도 상대도 다 답답하겠지만 그래도 말로 인한 실수는 줄일 수 있을 것 같고 기억이 가물가물하면 허무하기는 하겠으나 아프고 시린 기억을 되새기지는 않을 것 같고,

떨어진 입맛으로 주위를 귀찮게는 하겠지만 그 대신 뱃속은 가벼워서 좋을 것 같고 기력이 떨어지면 자신감도 같이 떨어져서 괜한 객기를 부리지는 않아서 좋을 것 같다.

나이가 드는 일이 반갑고 기쁜 일이라고 할 수야 없겠으나 "피하지 못할 바엔 즐기라"는 말이 있듯이 담대하게 받아들이고 알차게 살아 내야지….

살다 보면

살다 보면
어설프게 넘치는 것보다는
차라리 모자라는 것이
더 나을 때가 참 많은 것 같다.

많이 가지는 것이
좋기야 하겠지만
비록 적게 가지더라도
바르게 가지는 것이 더 낫고

많이 아는 것이
좋기야 하겠지만
비록 조금 알더라도
제대로 아는 것이 더 낫고

빨리 가는 것이
좋기야 하겠지만
비록 늦게 가더라도
이웃과 더불어 가는 것이 더 낫고

말이라도 좋게 하는 것이
굳이 나쁠 거야 없겠지만
비록 그런 말 적게 하더라도
내뱉은 말은 꼭 지키는 것이 더 낫고

보기에만 좋은 행동도
하지 않는 것보다야 낫겠지만
굳이 하려거든 한두 번 쇼에 그치지 말고
꾸준하게 하는 것이 더 나은 법이거늘…

그 알량한 소신 지키겠다는 것을
말릴 방법이야 달리 없겠지만
많은 사람이 원하지 않는다면
그런 소신 정도는 꺾는 것이 더 나을 듯한데

자리 비울 때가 다 되도록
그만한 마음 씀씀이는 못 되는 듯하니
지금까지도 멀쩡하게 붙어 있는
내 손가락을 탓할 수밖에….

그런 줄 알았는데

대부분의 집안일은
큰일이든지 작은 일이든지
내가 결정해야 하는 줄 알았는데
그런 줄 알았는데

내가 굳이 결정하지 않아도
돌아가는 일들이 늘어나는가 싶더니
이제는 돌아가는 사정을
식구들 등 너머로 겨우 알아차리네.

평일에는 아침 일찍 일어나서
양복을 얌전하게 차려입고
집을 나서야 하는 줄 알았는데
그런 줄 알았는데

여전히 일찍 일어나기는 하면서도
잠자던 옷 그대로 책상에 앉아서
책을 보고 스마트폰을 뒤져 보고 있어도
잔소리하는 사람조차 없네.

가슴팍에 붙은 봉긋한 근육은
나의 의지만 있으면
언제나 그대로 있을 줄 알았는데
그런 줄 알았는데

'코로나19'라는
보이지도 않는 바이러스가 너무 무서워
헬스장 가까이에는 가지도 못하다 보니
어느새 아래로 내려와 뱃살이 되어 버렸네.

세월이 빠르게 바뀌어도
세상이 속절없이 흘러가도
사람 사는 사정은 그대로일 줄 알았는데
그런 줄 알았는데

그 사정 잘 아는 사람들은
모두 다 휑하니 제 갈 길 찾아갔는데
여전히 바람 차고 황량한 들판에서
홀로 선부르게 얇은 봄옷 입고 움츠리고 서 있네.

나의 소심함

언제나처럼 나는 일찍 잠에서 깨어난다. 세상 모두가 잠든 듯한 새벽을 좋아하기 때문이다.

어슴푸레하게 보이는 세상이 나는 참 좋다. 보고 싶지 않은 속살까지는 보지 않을 수 있어서 너무 좋다.

한 아름 빌려 온 책 속에 온전히 빠져서 누군가가 애써 그 속에 담아 둔 온갖 이야기와 함께할 수 있어서 참 좋다.

그러나 너무 일찍 일어나면 번거로운 일도 따르기 마련이다. 새벽부터 찾아오는 허기도 그중 하나이다.

곤한 잠에 빠진 가족들을 깨울 수가 없어서 냉장고를 뒤적이다가 일점이가 애써 만들어 둔 스콘을 집어 든다.

스콘을 데우려고 접시에 담는다. 한 개는 적은 듯해서 두 개를 담았더니 한 개만 남았다. 우리 가족은 모두 세 명인데….

들었다 놓았다를 반복하다가 스콘 하나를 접시에서 들어낸다. 가족들이 하나씩은 먹어야지…, 내가 두 개를 먹으면 누군가는 못 먹을 텐데….

큰 접시에 작은 스콘 하나를 데워서 차가운 우유와 함께 먹으니 더 맛있다. 생각 없이 두 개를 다 먹었더라면 머리만큼이나 배도 불편했으리라….

나의 소심함이 내 머리와 내 배를 지켰듯이 나의 배려가 내 가족의 기쁨도 지킬 수 있을까?

나는 얼치기

한 번에 두 가지 일은
절대 못 하는 나는 얼치기
한 번에 두 가지 소리는
절대 못 듣는 나는 얼치기

곧고 빠른 길을 알고 있으면서도
굽이굽이 돌아서 가는 나는 얼치기
쉬엄쉬엄하면 힘 덜 드는 줄 알면서도
내달리기만 하는 나는 얼치기

가까운 사람이 더 조심스러움을 알면서도
함부로 대하기만 하는 나는 얼치기
돌아서면 후회할 줄 알면서도
끝내 그 말 다 하고 마는 나는 얼치기

불효 탄식하던 부모님을 보고서도
또다시 불효를 저지른 나는 얼치기
부모 공경 제대로 못 하고 살았으면서도
자식 섭섭함은 느끼는 나는 얼치기

제대로 가르쳐 본 적 없으면서도
버릇없는 젊은이만 흉보는 나는 얼치기
손가락 함부로 놀려서 잘 못 뽑아 놓고도
못난 정치인만 흉보는 나는 얼치기

하찮은 미물도, 어지러운 세상도
세월이 흘러가다 보면
제대로 된 모습을 갖추게 되나 보던데
물색없는 이 얼치기는 언제나 철이 들까?

고마워하며 살고 싶다

빨리 뛰지 못함을
아쉬워하기보다
두 발로 걸을 수라도 있음을
고마워하고

하늘 높이 떠오르지 못함을
아쉬워하기보다
산허리에라도 걸려 있음을
고마워하고

많은 돈 가지지 못함을
아쉬워하기보다
불편 없이 사는 법을 알게 됨을
고마워하고

존중받고 살지 못함을
아쉬워하기보다
무시당하지 않고 살 수 있음을
고마워하고

어쭙잖게 젊은이들에게
잔소리하기보다
함께 어울려 살아갈 수 있음을
고마워하고

누군가 도와주지 않는다고
불평하기보다
내가 도울 수 있는 일이 남아 있음을
고마워하고

다가오는 사람이 없음을
아쉬워하기보다
다가갈 수 있는 사람이 있음을
고마워하고

손에 쥐고 있는 것이 적음을
아쉬워하기보다
아직 버릴 것이 많음을
고마워하며 살고 싶다.

말을 적게 할지어다

너무 억울하고 서러워서
마음이 답답해도
하고 싶은 말이 너무 많아
가슴이 꽉 막혀도

한 번만 입 밖으로 내뱉으면
살 것 같아도
모름지기 나 같은 사람은
말을 적게 할지어다.

말을 하고 나면
서러운 내 맘 풀릴 것 같아도
말을 하고 나면
답답한 가슴 뚫릴 것 같아도

그 말로 또 다른 꼬투리에
잡히기가 십상이고
꼬투리 거리가 없으면
말 많다고 또 핀잔일 것이다.

말을 적게 하면
서럽고 막힌 내 맘 풀길 없어도
말을 안 하면
답답한 내 가슴 내보일 수 없어도

말 때문에
또 다른 시비에 엮일 염려 없으니
내 상처 떨쳐 낼 시간 정도는
벌 수 있으리라.

가슴 답답할 땐

꽁꽁 싸매 둔
그 말로
가슴 답답할 땐
나는 망설임 없이 북한산을 오른다.

산에는 크고 작은 나무들과
요란하게 지저귀는 이름 모를 새들과
온 산을 헤집고 다니는 솔바람이 있어
내 가슴도 뚫어 줄 것만 같아서다.

꽁꽁 싸매 둔
그 말로
가슴 답답할 땐
나는 수평선과 파도가 있는 바다로 나간다.

가슴이 뻥 뚫리도록 넓은 수평선과
한 움큼 쥐어도 슬며시 빠지는 흰 모래와
쉼 없이 바닷속 뒤집어 놓는 파도가 있어
답답한 내 가슴도 고칠 수 있을 것만 같아서다.

꽁꽁 싸매 둔
그 말로
가슴 답답할 땐
나는 조용한 카페의 구석진 자리를 찾는다.

아린 가슴 달래 줄 에스프레소나
시린 마음 보듬어 줄 아메리카노나
절절한 사연 포갤 카페라테가 있어
아리고 시린 가슴 적실 수 있을 것만 같아서다.

산이나 바다나 카페를
아무리 자주
오르고 나가고 찾아도
답답한 가슴이 그리 쉬 아물랴마는

그래도
내일을 살아갈
틈새 정도는 찾을 수 있을는지도
모르지 않겠는가?

너무나 고맙다

고맙다.

제대로 다듬어지지도 않은 글이 책으로 출간되기까지 많은 도움을 준 아내와 일점이에게 고마움을 표한다. 특히 내 글을 꼼꼼하게 읽어 주고 워치독 역할까지 충실하게 감당해 준 일점이에게 큰 고마움을 표한다.

또한, 무작정 전화해서 책을 출간할 수 있을지 물어본 세상 물정 모르는 사람을 내치지 않고, 차분히 상담해 주시고 선뜻 출간 결심까지 도와주신 ㈜푸른길출판사와 이선주 팀장님은 물론, 중간중간 용기를 주시기도 하며 정성껏 편집해 주신 최성훈 선생님께도 깊이 감사드린다. 아울러 부끄러운 줄도 모르고 이 책을 출간하기까지 내처 달린 스스로에게도 대견하다고 말해 주고 싶다.

끝으로 그저 평범하기만 한 글을 끝까지 읽어 주신 여러분들께도 감사드린다.